读客®

读客三个圈经典文库

经典就读三个圈　导读解读样样全

局外人

[法]加缪　著
金祎　译

读客三个圈经典文库

经典就读三个圈　导读解读样样全

江苏凤凰文艺出版社
JIANGSU PHOENIX LITERATURE AND ART PUBLISHING, LTD

L'Étranger

Albert Camus

我转身，看到老贝莱兹在我们身后五十米的地方。他手里摇晃着软毡帽……我周围仍然是一片被阳光照得发亮的田野。天空亮得让人受不了。……沥青在太阳的暴晒下爆裂开来，脚一踩就陷了进去，留下一个个裂口，上面还有泥浆油光发亮。

（P16—P17）

我感觉天门洞开，烈火如雨，倾泻而下。……于是，我又对准那具已经了无生气的肉体开了四枪……而这四枪，就像是我在苦难之门上，急促地叩了四下。 （P60）

阿尔贝 · 加缪（1913.11.7—1960.1.4）

照片由美国合众国际社拍摄于1957年

加缪在法国驻斯德哥尔摩大使馆的新闻招待会上
照片由Jan Ehnemark 拍摄于1957年12月9日[1]

1 图片源自诺贝尔奖官网，阿尔贝·加缪，照片库
Albert Camus – Photo gallery. NobelPrize.org. Nobel Media AB 2018.

加缪的纪念碑，位于法国小镇维勒布勒万
加缪1960年1月4日在此遭遇车祸丧生，享年47岁

加缪的墓碑

位于法国小镇卢尔马兰

目　录

第一部分　002

第二部分　062

《局外人》后记　126

导读：作为起点的《局外人》　130

加缪在诺贝尔颁奖晚宴上的演讲　160

局外人

第一部分

01

今天，妈妈死了。也可能是昨天，我不知道。我收到养老院的一封电报，说：“母死。明日葬。深致哀悼。”这说明不了什么。可能是昨天死的。

养老院在马朗戈，离阿尔及尔八十公里。我要坐两点的公共汽车，下午就会到。这样，我还能赶得上守灵，明晚回来。我向老板请了两天假，他不能在这样一个理由面前拒绝我。但是，他看起来不太满意。我甚至跟他说：“这不是我的错。”他没有回答。于是我想，我不该跟他说这句话的。总之，我没什么可请求原谅的；倒是他，应该向我表示哀悼。但他可能后天就会这么做了，等他看到我戴孝的时候。目前就有点儿像是妈妈还没有死；反之，一旦下葬，这就是一桩已经了结了的事，一切又该公事公办了。

我买了两点的车票，天气很热。和往常一样，我还是在塞莱斯特餐厅吃的饭。他们都为我难受，塞莱斯特还对我说：“人只有一个母亲啊。”我走的时候，他们一直送我到门口。我有点儿匆忙，因为我还得去埃马努埃尔那儿借黑领带和黑袖纱。几个月前，他叔叔刚刚去世。

为了赶上汽车，我是跑着去的。这心急，这奔跑，加上汽车的颠簸和汽油味，还有道路和天空亮得晃眼，可能是这一切使我感到昏昏沉沉。我几乎睡了一路。醒来的时候，我正倚在一位军人身上，他对我笑笑，问我是不是从很远的地方来的。为了结束这对话，我说“是的”。

养老院离村子还有两公里。我是走过去的。我想立刻见到妈妈，但门房说我得先见见院长。他正忙着，我等了一会儿。这期间，门房说个不停，然后，我见了院长——他是在他办公室接待我的。那是个小老头儿，佩戴着法国荣誉军团勋章[1]。

---

1 是法国政府颁授的最高荣誉勋位勋章，以表彰对法国做出特殊贡献的军人和其他各界人士。1802年由拿破仑设立，勋章绶带为红色，分六个等级。除特别说明，本文注释均为译者注。

他用他浅色的眼睛看着我，随后他握紧了我的手，久久都不松开，我都不知道怎么把手抽出来。他看了看档案，对我说：“默尔索太太是三年前来的这里。您是她唯一的赡养者。”我觉得他在责备我什么，于是赶紧向他解释。但是他打断了我：“您不用解释，亲爱的孩子。我看了您母亲的档案，您无力负担她。她需要有人照料，您的薪水又很微薄。总之，她在这里更快活些。”我说：“是的，院长先生。”他又说：“您知道，她在这里有年纪差不多的朋友。她和他们有共同兴趣，都是他们那个年代的事儿。您是年轻人，她和您一块儿，会闷得慌。”他说得很对。妈妈在家的时候，总是默默看着我，也不说话。进养老院的头几天，她总是哭，但那只是因为不习惯。几个月后，如果让她再从养老院出来，她还是会哭的。都只是因为习惯问题。不过也正是因为这样，近一年来，我就没怎么来看望她。当然也是因为来看她要占用我一个礼拜天——还不算上去赶汽车、买车票，坐两小时车所费的精力。

院长还在跟我说话，但是我几乎已经不在听了。最后他对我说：“我想，您想再看看您母亲吧。”我没说话，起身，他领着我朝门外走去。在楼梯上，他向我解释：“我们把您母亲抬到了小停尸间里，为了不让别的老人惊恐——每次有人死了，其他人总要两三天工夫才能平静下来，这让照料工作变得困难。”我们穿过一个院子，里面有很多老人，三五成群地闲聊着。我们经过的时候，他们都沉默下来。而我们一走过，他们又重新说开了，简直像一群鹦鹉，叽叽喳喳说个没完。走到一座小房子的门前，院长跟我告辞：“您请自便吧，默尔索先生。有事的话尽管来找我，我就在办公室。原则上，下葬定在明天早上十点钟。我们想着，这样您可以为逝者守灵一晚。还有，您的母亲似乎常常向她的同伴们表示，她希望按照宗教的仪式来安葬。这事我也已经安排好了，但我想还是应该跟您说一声。”我向他道谢。妈妈并不是无神论者，可活着的时候也从没怎么想过宗教。

我进去了。屋子里很亮，四壁刷着白石灰，玻璃顶棚。屋子里有几把椅子，还有几个X形的架子。中间两个架子上，放着一口棺材，盖子盖着，只看得到一些发亮的螺钉，刚拧进去一点，在褐色木工染料的木板衬托下，显得格外扎眼。棺材边上，有一位阿拉伯女护士，穿着白大褂，头上包着一条颜色鲜亮的头巾。

这时候，门房来到我身后。他大概是跑来的，说话有点儿结巴：“他们给盖上了，但我可以把棺材上的螺丝拧下来，您可以再看看她。”他靠近棺木，我叫住了他。他问我：“您不想？”我回答：“不想。”他停了下来，我有点儿尴尬，因为我觉得不该那样说。过了一会儿，他看着我，问道：“为什么？”但他不是以一种责备的口吻，好像只是想知道。我说：“我不知道。”于是，他捻着发白的小胡子，也不看我，只是说道：“我理解。”他的眼睛很漂亮，浅蓝色，面色有些泛红。他给我搬来一把椅子，自己坐在我后面一点的地方。女护士站起来，朝门口走去。这时候，门房告诉我：“她得的是痡疮。”我没听明白，就看了看那位女护士，我看到她眼睛下面，一条绷带绕头缠着。在鼻子的地方，绷带是平的。在她脸上，我只能看到洁白的绷带。

她离开后，门房说：“我先失陪了。”我不知道自己做了个什么姿势，但是他没有离开，站在我身后。背后有个人，让我感觉不自在。傍晚时分，屋子依然光线充足。两只黄蜂在玻璃顶棚上嗡嗡飞着。我感到困意向我袭来。我没有转身，对门房说：“您在这里很久了吗？”他立刻回答：“五年。”——好像他一直在等我问他似的。

接着，他又滔滔不绝起来。如果有人跟他说他会一辈子在马朗戈当门房，他一定会感到惊讶的。他六十四岁，是巴黎人。这时我打断了他：“啊！您不是这里人？”接着我想起来，在领我去见院长之前，他跟我提起过妈妈。他对我说必须快点下葬，因为平原天气热，特别是在这个国家。就是那个时候，他告诉我他在巴黎住过，并且怎么也忘不了巴黎。在巴黎，逝者能在家里待三天，有时候甚至四天。这里，我们没有这么多时间，那么快就要跟着灵车去下葬，怎么都感觉不适应。这时候，他老婆对他说：“快闭嘴吧，这些事跟先生说不合适。”老头儿脸红了，连忙跟我道歉。我就赶紧说：“没事，没事。”我觉得他说得对，很有意思。

在小停尸间里，他告诉我，他进养老院是因为穷。因为他觉得自己挺结实，就毛遂自荐想当门房。我提醒他，无论如何，他也是养老院收留的人。他说不是。我早先就觉得惊讶，因为他说到那些养老院里的人时，总说“他们”“其他人”，有时也说“那些老人”，其实他们中有些人，并不比他年长。但是很自然，这不是一回事。他是门房，从某种程度上来说，他还有权管他们呢。

那个女护士这时候进来了。天一下子就黑了，很快，玻璃天棚之上，夜色更浓了。门房转动电灯开关，我被突如其来的光线刺得睁不开眼。他邀请我去食堂吃饭，但是我并不饿，于是他建议给我端杯牛奶咖啡来。我很喜欢牛奶咖啡，就接受了。过了一会儿，他端着个托盘回来了。我喝了咖啡，然后我想抽烟。可是我犹豫了，我不确定是不是能在妈妈面前这么做。我想了想，应该没关系。我给门房递了一支烟，我们抽了起来。一会儿，他对我说："您知道，您母亲的朋友们也会来守灵。这是一贯做法。我得去搬些椅子来，泡点黑咖啡。"我问他能不能关掉一盏灯。灯光照在白墙壁上，让我很累。他说不行。灯就是这么装的：要么全开，要么全关。于是我就没怎么再注意他了。他出去了，又回来，摆放好椅子。在一把椅子上，他围着咖啡壶放了一些咖啡杯。然后他坐下，面对着我，当中隔着妈妈的棺木。女护士也坐在他那边，背对着我。我看不到她在干什么，但就她手臂的动作看来，我有理由相信她在织毛线。屋子里很暖和，咖啡让我发热，门开着，飘进来一股夜晚和鲜花的气味。我觉得我打了个瞌睡。

一阵窸窸窣窣的声音把我弄醒了。一下睁开眼睛，房间显得更加惨白。我眼前没有一丝阴影，每件东西、每个角落、每条弧线，都清晰到扎眼。就是这时候，妈妈的朋友们进来了。一共十来个人，悄无声息地在这扎眼的灯光中挪动。他们坐下的时候，甚至都没有一把椅子咯吱咯吱地响。我看见他们，我从来没有这么仔细地看过什么人，他们面孔和衣着的每一个细节都被我看得清清楚楚。然而我听不见他们的声音，我甚至要怀疑他们是不是真的存在。几乎所有的女人都穿着一条围裙，腰上的束带让她们鼓起的肚子更加显眼。我以前从来没有注意到，上了年纪的女人竟能有这么大的肚子。男人们几乎都很瘦，拄着拐杖。令我惊讶的是，在他们脸上看不见眼睛，只有一堆皱纹之间闪烁着一点浑浊的微光。他们坐下的时候，大多数都看了看我，拘谨地点点头，嘴唇都陷进了没有牙的嘴里，我都不知道他们这是在跟我打招呼，还是脸上不由自主的抽搐。我还是相信他们是在跟我打招呼。这时候我才发现，他们都面对着我坐下了，摇晃着脑袋，围绕着门房。那么一瞬间，我有一种可笑的感觉，像是他们要来审判我了。

不一会儿，一个女人哭了起来。她坐在第二排，躲在一个同伴身后，我看不清她。她小声但持续地啜泣着：我感觉她像是要一直这么哭下去了。其他人好像都没有听见，他们神情沮丧，死气沉沉，默不作声。他们看着棺材，或者看着拐杖，或是随便东张西望，但是他们看来看去也只有这些东西。那个女人一直在哭，我很惊讶，因为我并不认识她。我真希望她别再哭了，但我不敢对她说。门房朝她弯下腰，对她说了些什么，但是她摇了摇头，嘟哝了句什么，继续抽抽搭搭地啜泣。于是门房朝我这边走来，在我身边坐下。过了好一阵子，他眼睛看着别的地方，对我说：“她以前和您母亲走得很近。她说您母亲是她在这里唯一的朋友，现在只剩她一个人了。”

我们就这样坐了很久。那个女人的叹息声和呜咽声少了，但她一直在擤鼻子。终于，她安静下来了。我已经不困了，但我很累，而且腰疼。现在，这些人的沉默使我难受。我只是时不时听到一种奇怪的声音，也不知道是什么。过了很久，我终于猜出，是他们中的一些老头儿在嘬腮帮子，发出的这种怪响。他们正沉浸在自己的思绪中，并没有自觉。我甚至以为，躺在他们中间的死者在他们心里并不算什么；但现在我觉得，那时我想错了。

我们都喝了门房端来的咖啡。后来的事，我就不知道了。夜过去了。我还记得有时候我睁开眼睛，看到老头儿们一个个缩成一团睡着了，只有一位，两手拄着拐杖，下巴压在手背上，在盯着我看，好像就等着我醒来似的。接着我又睡着了。因为腰越来越痛，我又醒了。晨曦已经悄悄爬上玻璃天棚。不一会儿，一个老头儿醒了，拼命地咳嗽。他掏出一块大大的方手帕，往里面吐痰，每吐一口都像使出了全身力气。其他人都被吵醒了，门房说他们该离开了。他们站了起来，这样不舒服的一夜使他们一个个面如死灰。让我惊讶的是，他们出门时竟都和我握了手——好像过了这一夜，虽然互相一句话都没说，但彼此的亲密感倒是增加了。

我累了。门房把我带到他那里，这样我便能稍微洗漱一下。我又喝了一杯牛奶咖啡，很好喝。我出门的时候，天已经完全亮了。马朗戈和大海之间的山丘上空，天空一片红光。从山上吹过的风带来了一股盐味，看来是一个好天气。我已经很久没有来乡下了，要不是因为妈妈的事情，这会儿去散散步该多惬意。

我在院子里一棵梧桐树下等着。我闻到清新的泥土味，不再犯困了。我想起了办公室的同事们，在这个时候，他们该起床上班去了——对我来说，这总是最难熬的时刻。我又想了一会儿这些事，然后被房子里传来的钟声打断了。窗户后面一阵忙乱声，接着又安静下来。太阳在天空又升高了一点，我的两只脚开始晒得发热。门房穿过院子，说院长要见我。我来到他的办公室，他让我在几张纸上签了字。我见他穿着黑衣服和带条纹的裤子。他手上抓着电话，问我："殡仪馆的人来了有一会儿了，我要让他们来盖棺。您想最后再看一眼您的母亲吗？"我说不。他压低了声音，对着电话命令说："费雅克，告诉那些人，他们可以去了。"

然后他说他也要去送葬，我向他道谢。他在办公桌后坐下，两条小腿交叉着。他告诉我，送葬的只有我和他，还有值班女护士。原则上，院里的老人是不允许出席葬礼的，他们只能守灵。"这是个人道问题。"他评论说。但是这一次，他允许了妈妈的一个老朋友多玛·贝莱兹随车送葬。说到这儿，院长笑了笑。他对我说："您知道，这种感情有点儿孩子气。他和您的母亲几乎是形影不离。在院里，大家都拿他们开玩笑，大家对贝莱兹说'这是您的未婚妻'，他会笑。他们都很开心。

事实上默尔索夫人的去世让他十分难过。我觉得不应该拒绝他去。但是，根据探访医生的建议，我昨夜没让他守灵。”

我们默默坐了好一会儿。然后院长站起来，往窗外看去。他看了一会儿，说：“马朗戈的神父已经到了，他来早了。”他告诉我至少要走三刻钟才能到村里的教堂。我们下了楼。神父和两个唱诗班的孩子等在房门前，其中一个孩子手拿香炉，神父朝着他弯下腰，调整香炉上银链子的长短。我们走到时，神父已经重新站直了。他叫我“我的儿子”，对我说了几句话。他走进屋里；我跟着他。

我一眼就看见棺材上的螺丝钉已经旋了进去，屋子里站着四个穿黑衣服的人；同时，我听见院长对我说，车已经等在路上了，神父也开始了他的祈祷。从这时起，一切都进行得很快。那四个人拿着一条被单走向棺材。神父、他的随行们、院长和我，一起走了出去。门口，站着一位我不认识的太太。“默尔索先生，”院长说，“我还不知道这位太太的姓名，只知道她是护士代表。”她没有一丝笑容，朝我低了低她那瘦骨嶙峋的长脸。然后，我们站成一排，让棺材过去。我们跟在抬棺材的人后面，走出养老院。大门前面，停着送葬的车。车子上了漆，长方形，油光发亮，让人想起铅笔盒。车子边上，站着葬礼司仪，那是一个矮个子男人，穿着滑稽；他旁边还有一个神态做作的老人。我明白了，那是贝莱兹先生。他戴着一顶宽边圆顶软毡帽（棺材经过的时候，他摘掉了帽子），裤脚拧巴在鞋上，大白领衬衫上缀着一个黑色领结。他的双唇在布满黑点的鼻子下不住地颤抖。一头白发相当细软，蹿出两只形状奇特、耷拉着的耳朵，耳廓胡乱卷着，血红的色泽在苍白脸色的衬托下，给我造成强烈冲击。司仪给我们安排了位置：神父走在前面，接着是车子，车子周围，是那四个男人；后面，院长、我、护士代表和贝莱兹先生收尾。

天空已经被阳光铺满。光线开始压到地面，热气迅速蹿升。我不知道为什么我们等了这么久才走。我穿了一身深色衣服，觉得很热。那个小老头儿本来已经重新戴好帽子，这时又摘了下来。院长和我说他时，我正稍稍扭头望着他。院长告诉我，我母亲和贝莱兹先生常常在傍晚时分，由一名女护士陪着散步，一直到村子里。我看着周围的田野。通往天际山岭的柏树成排矗立在红绿交杂的土地上，零星散布的房子错落有致。我理解妈妈的心情。在这样的地方，傍晚应该是一段忧伤的喘息。今天，热辣辣的太阳漫溢出来，这田野被晒得直打战，变得沮丧消沉、难以忍受。

我们终于上路了。这时我才发现贝莱兹有点儿跛足。车子渐渐加速，老头儿落在了后面。车子边上有一个人也跟不上了，渐渐跟我走到一排。我惊异于太阳在天空上升的速度。我发现田野上早就充满了嗡嗡的虫鸣和沙沙的草响。汗顺着我的脸颊流下来，我没戴帽子，只好拿手帕扇风。殡仪馆的那人跟我说了句什么，我没听清。同时，他左手拿着手帕，擦了擦额头，右手掀了掀鸭舌帽的帽檐。我问他："怎么？"他指指天上，连声回答："晒得要命。"我说："是的。"过了一会儿，他问我："里面躺着的，是您母亲吗？"我又回了一个："是的。""她年纪很大了吗？"我回答："还好。"因为我也不知道她到底多少岁。然后，他就不说话了。我转身，看到老贝莱兹在我们身后五十米的地方。他手里摇晃着软毡帽，急急忙忙往前赶。我也看了院长一眼，他庄严地走着，没有一个多余的动作。他的额头上渗出几滴汗珠，他也不擦。

我觉得队伍走得更快了。我周围仍然是一片被阳光照得发亮的田野。天空亮得让人受不了。有一阵，我们走过一段新修的公路。沥青在太阳的暴晒下爆裂开来，脚一踩就陷了进去，留下一个个裂口，上面还有泥浆油光发亮。车顶上，车夫的熟皮帽子就像在这黑泥浆里浸过一样。天空是蓝白相间，周围是单调的颜色——开裂的柏油是黏糊糊的黑，人们的衣着是死气沉沉的黑，车子是油光发亮的黑。我有点儿迷失在这样的天地之间。阳光、皮革味、马车的马粪味、油漆味、香炉味、一夜没睡的疲惫，这一切都让我两眼模糊、神志不清。我又一次回头看：贝莱兹已经远远落在后面，裹在一大团热气中，然后我就看不见他了。我用目光寻找着他，才看见他已经离开大马路，从田地里穿了过来；我还发现，前方，马路转了个弯。原来贝莱兹对这一带很熟悉，正抄近路来追我们呢。在转角处，他追上了我们。后来，我们又把他落下了。他又穿过田野，这样好多次。而我，我感到血液直往太阳穴上涌。

之后的一切都进行得如此迅速、准确又自然，以至于我现在什么都记不得了，除了一件事：在村子口，护士代表和我说了话。她声音很独特，和她的脸不协调，那是一个悦耳的、颤颤巍巍的声音。她对我说："如果我们走得慢，可能会中暑；但是如果走得快，就会浑身是汗，到教堂就会感冒。"她说得对。这也是没有办法的事。我还记得这一天的几个画面：比如说，贝莱兹最后在快到村子的地方追上我们时的那张脸、他那因为不安和痛苦而流下脸颊的大滴泪水。但是因为皱纹的关系，泪水竟然流不动，它们铺展开来，又重新凝聚起来，在这张被摧毁的脸上形成一层水膜。此外，还有教堂和路旁的村民，墓地里坟头的红色天竺葵，贝莱兹的昏厥（活像一个散架的木偶），撒在妈妈棺材上的血红色的土，混杂在里头的白色树根；还有人群、说话声、村庄、在一个咖啡馆前的等待、马达不停的轰鸣声；还有汽车开进阿尔及尔时的万家灯火，以及我想到就要上床睡上十二个钟头时心头的喜悦。

02

醒来的时候，我明白了为什么我向老板请那两天假时，他看起来那么不满：今天是礼拜六。我当时可以说是忘了这回事儿，但起床的时候突然想了起来。老板自然是早就想到了，加上礼拜天我就等于有了四天假期，而这是不可能让他高兴的。但一方面，是他们决定昨天安葬妈妈而不是今天，这不是我的错；另一方面，无论如何，礼拜六和礼拜天总还是我的。当然，这并不妨碍我理解老板的心情。

起床的时候很痛苦，昨天一天把我累坏了。刮脸的时候，我一直在想今天做什么，最后我决定去游泳。我坐电车去海滨浴场。一到那儿，我就一头扎进水里。那里有很多年轻人。我在水里看见玛丽·卡尔多纳——我以前办公室的打字员，那时候我很想把她搞到手。她也想要我，我觉得。但是她很快就离职了，我们没来得及勾搭。我帮她爬上一个游泳圈，在做这个动作的时候，我的手轻轻掠过她的乳房。她趴在游泳圈上，我还在水里。她朝我转过身来，头发遮住了眼睛，她笑了。我也爬上游泳圈，紧挨着她。天气很好，我像开玩笑一样，把头后仰，枕在她肚子上。她没说什么，我就这样待着。整个天空尽收我眼底，天空是蓝色的，泛着金光。我感到玛丽的肚子在我脖子底下轻轻起伏。我们半睡半醒地在游泳圈上待了很久。太阳变得太强烈的时候，她下了水，我也跟着她下了水。我追上她，伸手抱住她的腰，一起游了起来。她一直在笑。在岸上晒干的时候，她对我说："我晒得比您还黑。"我问她晚上想不想去看电影。她还是笑，说她想看一部费南代尔[1]演的电影。穿好衣服后，她看我系了一条黑领带，非常惊讶，于是问我是不是在戴孝。我跟她说，妈妈死了。她想知道是什么时候，我说："昨天。"她吓得后退了一小步，但没有说什么。我想说这不

1 费南代尔，1903—1971，法国演员、导演，擅长喜剧，名作包括1957年电影《八十天环游地球》，现葬在巴黎十六区的帕西墓地。

是我的错，但我没说出口，因为我想起来我已经跟老板说过了。这么说毫无意义，不管怎么样，人总是有那么点过错的。

晚上，玛丽把什么都忘了。电影有的地方还挺滑稽，不过真的很蠢。她的腿挨着我的腿，我抚摸她的乳房。电影快结束的时候，我吻了她，但吻得很笨拙。出了电影院，她跟我回到我的住所。

我醒来的时候，玛丽已经走了。她跟我说过她要到她姑妈家去。我想起今天是礼拜天，这让我很郁闷：我不喜欢礼拜天。于是我翻了个身，在枕头上寻找着玛丽的头发留下的盐味，一直睡到了十点钟。我躺着，一根接一根地抽烟，一直到中午。我不想像往常一样去塞莱斯特餐馆吃饭，因为他们肯定要问东问西，我不喜欢那样。我煮了几个鸡蛋，就着盘子吃了，没吃面包，因为家里没有了，我也不愿下楼去买。

吃过午饭，我有点儿无聊，就在房间里转悠。妈妈在的时候，这套房子还挺合适；现在我一个人住就太大了，我不得不把饭厅的桌子搬到卧室来。我只住这一间，屋里有几把椅子（中间的草垫已经有些塌陷）、一个镜子有些发黄的衣柜、一张梳妆台，还有一张铜床。其余的我都用不着。过了一会儿，我想找点儿事做，于是我拿起一张旧报纸，读了起来。我把克鲁圣盐的广告剪下来，贴在一本旧簿子上，凡是报纸上让我觉得有意思的东西，我都剪下来贴在里面。我洗了手，最后上了阳台。

我的卧室外面是通往郊区的主干道。下午天气很好，但是马路油腻腻的，行人很少，依旧很匆忙。首先是全家出来散步的人，两个穿着海军服的小男孩，短裤长过膝盖，硬邦邦的衣服让他们束手束脚，小女孩头上戴着一个大大的粉红色蝴蝶结，脚上穿着黑漆皮鞋。他们后面跟着一位身材高大的母亲，穿着栗色的丝质连衣裙，父亲是个矮个子男人，很瘦弱，我感觉在哪儿见过。他头戴一顶扁平窄边草帽，扎着蝴蝶领结，手上拿着一根手杖。看到他和他妻子在一起，我明白了为什么这一带的人都说他气质优雅。过了一会儿，来了一群郊区年轻人，头发油光发亮，戴着红色领带，西服收腰收得很紧，衣袋上绣着花，蹬着一双方头皮鞋。我想他们是去城里看电影的，所以出发得这么早，还一边赶电车一边高声说笑。

他们过去之后，路上渐渐就没有人了。我想各处的表演都已开始，街上只剩下一些店主和一些猫。从街道两旁的榕树上空望去，天空清澈，但并不亮堂。在对面人行道上，卖烟的搬出一把椅子，放在门前。他倒坐在椅子上，两只胳膊放在椅背上。刚才还挤满了人的电车突然就空了。烟贩边上那家叫“皮埃罗家”的小咖啡馆里也空无一人，伙计正在扫地。这真是个礼拜天。

我也把椅子倒转过来，像那个烟贩那样放着，我觉得这样更舒服。我抽了两支烟，进屋拿了一块巧克力，回到窗边吃了起来。很快，天阴了，我以为夏天的暴雨就要来了。可是天又渐渐放晴了。不过，刚才飘过的像是要下雨的乌云，把街道变得更加阴暗了。我待在那儿看着天空，看了很久。

五点钟，电车伴随着嘈杂声开了过来。车里挤满了从郊外体育场看比赛回来的人，他们有的站在踏板上，有的扶着栏杆。后面跟着的几辆电车里面是运动员，我是从他们的小手提箱认出来的。他们声嘶力竭地呼喊着，唱着歌，歌颂着他们的俱乐部将永垂不朽。好几个人跟我打招呼，其中有一个甚至对我喊：“我们赢了。”我点点头，大声说：“是的。”从这时候起，小汽车开始多了起来。

天有点儿暗了。屋顶上空，天空一片绯红，黄昏将近，街道上也热闹起来。散步的人渐渐往回走了。我在人群中又认出了那位气质优雅的先生。孩子们在哭，赖在后面要大人拖着走。几乎是同时，这个街区的各家电影院也把观众抛向了街头。他们之中，有些年轻人的手势动作比平时更果决，我想他们刚才一定是看了一部冒险片。从城里电影院回来的人们到得稍微晚些。他们看上去更庄重一些，他们还在笑，但不时也会表现出疲惫和游离。他们待在街上，在对面的人行道上走来走去。街区里的年轻姑娘，没戴帽子或头巾，露出头发，挽着胳膊在街上走。小伙子们设法和她们迎面撞上，说几句玩笑话，姑娘们一边大笑一边回过头去。我认识她们中的好几个，她们向我打招呼。

这时，路灯一下子亮了，夜空中最早出现的星星一下失了色。我就这么望着满是行人和灯光的人行道，觉得眼睛很累。路灯把潮湿的路面照得闪闪发光，间隔均匀的电车把它们反射的灯光投照在发亮的头发上、笑颜上或是银手镯上。不一会儿，电车少了，树木和路灯上方，夜色越来越浓，街区不知不觉就空了，直到第一只猫慢悠悠地穿过重新空无一人的街道。我想，该吃晚饭了。长时间趴在椅背上，我的脖子有点儿疼。

我下楼买了点面包和意大利面，自己做了点吃的，站着吃完了。我想在窗前抽一支烟，但是空气凉了，我有点儿冷。我关上窗，回来的时候，在镜子里看见桌子一角上摆着酒精灯和几块面包。我想礼拜天总是这么令人颓丧的，现在妈妈已经下葬了，我又要上班了，总之，没有任何变化。

03

今天我在办公室干了很多活儿。老板很和气，他问我是不是太累了，他还想知道妈妈的年纪。为了不说错，我回答“六十来岁”，我不知道他为什么看上去像是松了一口气，认为这件事情算是了结了。

我的桌子上堆了一大堆提单，都需要我处理。离开办公室去吃午饭之前，我洗了手。我喜欢中午洗手；晚上，我就觉得没那么愉快了，因为洗手间的公用转动毛巾一天下来，都潮湿了。一天，我把这事儿跟老板说了。他回答我，对此他也很遗憾，不过这毕竟是无关紧要的细节。我下班晚了一些，十二点半，我才和埃马努埃尔一起出来，他在发货部门工作。办公室朝着海，我们看了一会儿港口停着的货车，它们都暴晒在大太阳底下。这时，一辆卡车开过来，带着噼里啪啦的铁链声和轰隆隆的巨响。埃马努埃尔问我要不要去看看，我就跑了起来。卡车超过了我们，我们追上去。我感觉自己淹没在一阵噪声和尘埃中，我什么都看不见，只感到这种奔跑中混乱的冲动，身边尽是绞车、机器、天际晃动的桅杆和一路排开的轮船。我先抓住了车子，跳了上去，然后我帮着埃马努埃尔坐稳了。我们都喘不过气来。卡车冲上码头高低不平的路面，在尘土和阳光中飞驰。埃马努埃尔笑得上气不接下气。

我们来到塞莱斯特餐馆，一身的汗。塞莱斯特一直在那儿，挺着他的啤酒肚，戴着围裙，留着他的白胡子。他问我："不管怎么说，总算还好吗？"我说还好，但现在很饿。我吃得很快，喝了咖啡。然后我回家睡了一会儿，因为我喝了太多酒。醒来时，我想抽烟。时候不早了，我跑去赶电车。我一下午都在工作。办公室里太热了，晚上，走出办公室，我慢慢沿着河堤走。天空是绿色的，我感到很满足。尽管如此，我还是直接回了家，因为我想给自己煮些土豆。

上楼的时候，我在漆黑的楼道里撞上了老萨拉玛诺，他是我同层的邻居。他和他的狗在一块儿，八年来，他们总是形影不离。这条西班牙猎犬生了一种皮肤病，我想是红皮病，这病使得它浑身毛都快掉光了，浑身是硬皮和褐色的痂。他们俩挤在一间小房间里，久而久之，老萨拉玛诺都越来越像它了。他脸上长了一些发红的硬痂，头上是稀稀拉拉几根黄毛。至于那狗，也从它主人那儿学来一种弯腰驼背的走路腔调，噘着嘴，伸着脖子。他们看起来是同类，但他们彼此看不顺眼。每天两次，上午十一点和下午六点，老头儿牵着狗散步。八年来，路线都没有变过。他们总是沿着里昂路走，狗拖着人，直到老萨拉玛诺打了个趔趄，于是他就对狗又打又骂。狗吓得趴在地上，一动不动。这时候，又该老头儿去拖它了。一会儿狗又忘了痛，重新拖起人来，然后又被打骂。于是，他们俩就待在人行道上，狗是怕，人是恨，天天如此。狗要撒尿的时候，老头儿不给它时间，偏要拽它，这西班牙猎犬就滴滴答答尿了一路。如果狗不小心尿在房间里，就免不了又是一顿打。这样的日子已经有八年了。塞莱斯特总是说“真是不幸”，但是说到底，没有人知道究竟是幸还是不幸。我在楼梯上遇到萨拉玛诺的时候，他正在骂狗。他对它说：“贱狗！邋遢鬼！”狗发出痛苦的呻吟。我对他说："您好。"但老头儿还在骂。我问他狗怎么招惹他了，他没回答我，只是一个劲儿地说："贱狗！邋遢鬼！"我隐约看见他正弯腰在狗的项圈上摆弄着什么。我提高了嗓门，他头也不回，忍着一股怒火回答我："它死活不肯走。"说完，他便拖着那条赖在地上哼哼唧唧的狗，走开了。

正在这时，我那楼层的另一位邻居进来了。这个街区里的人都说他靠女人生活。但是，每当有人问起他的职业，他就说是"仓库管理员"。总的来说，大家都不太喜欢他。但是他常常和我说话，有时候还来我家坐坐，因为我会听他说话。再说，我也没有任何理由不跟他说话。他叫雷蒙·桑泰斯，个子矮小，肩膀很宽，长着一个拳击手一般的鼻子；他的穿着总是很得体。说到萨拉玛诺，他也对我说："真是不幸！"他问我是否对此感到厌恶，我回答说不。

我们上了楼，正准备分开的时候，他对我说："我那里有猪血香肠和葡萄酒，您要不要和我一起吃一点？"我觉得这样也省得我自己做饭，就接受了。他家也只有一个房间，外带一个没有窗户的厨房。床的上方摆着一个仿大理石的天使雕塑，白色和粉红色相间；还有几张体育冠军的相片和三张裸体女人的底片。房间很脏，床上乱七八糟。他先是点上煤油灯，然后从口袋里掏出一卷来路不明的绷带，把右手缠了起来。我问他怎么了，他说他和一个来找他麻烦的家伙打了一架。

“您知道，默尔索先生，”他对我说，“我并不是个坏人，但我是个暴脾气。那家伙，他对我说：‘你要是个男人，就给我下车。’我对他说：‘够了，别找麻烦。’他就说我不是男人。于是我就下了电车，对他说：‘够了，不然我就要好好教训你一顿了。’他说：‘你想怎么样？’于是我就给他好好上了一课。他倒在地上，而我呢，我想去把他扶起来，但是他竟然躺在地上用脚踢我。我蹬了他一脚，又给了他两拳。他满脸都是血。我问他够不够，他说：‘够了。’”

说话间，桑泰斯已经缠好了绷带。我坐在床上，他对我说：“您看，并不是我要找他麻烦，是他先招惹我的。”的确是这样，我承认。于是他对我说，他正要就这件事跟我讨个主意，因为我是个男人，有生活经验，我可以帮助他，然后他就是我朋友了。我什么都没说。他又问我是不是愿意做他的朋友，我说我都可以。他看上去很满意。他拿出香肠，放到锅里煮，接着他摆放好酒杯、盘子、刀叉和两瓶酒。做这一切的时候，他没说话。然后我们就入座了。吃饭的时候，他开始讲他的故事。他先是犹豫了一下：“我认识一位太太……这么说吧，她是我的情妇。”和他打架的男人就是这个女人的哥哥。他对我说他供养着她。我没回答，但是他立刻补充说他知道这个街区的人怎么说他，不过他问心无愧，他确实是仓库管理员。

“回到我这件事上，”他对我说，“我发现她在骗我。”他给她维持生计的钱，给她付房租，每天还给她二十法郎的饭钱。“房租三百法郎，饭钱六百法郎，时不时地送一双袜子，这就一千法郎了。那个女人不工作，但是她跟我说我给她的钱紧巴巴的，不够她用。我跟她说：‘为什么你不找一个半天的工作呢？这样我就不用再操心这些琐碎的花费了。这个月我给你买了一套衣服，每天给你二十法郎，为你付房租；你呢，你下午和你的女伴们喝咖啡。你请她们喝咖啡还给她们加糖，付钱的却是我。我待你不薄，而你却把我当冤大头。’可她就是不工作，还总说钱不够花，于是我觉得其中一定有诈。”

于是他告诉我，他在她的手提包里发现了一张彩票，她不能解释是怎么买的。不久，他又在她那里发现一张当票，证明她当了两只手镯。“我之前都不知道她有两只手镯。我看清了她在骗我，于是我就不要她了。不过，我先揍了她一顿。然后我就跟她把事挑明了。我对她说，她只不过是想拿着我的钱吃喝玩乐。默尔索先生，您知道我是怎么对她说的吗？我说：‘你看不到人家都在嫉妒我给你带来的幸福。等你失去这些，你就会明白了。’”

他把她打到流血。以前，他从没那么狠地打过她。“我以前也打她，但只是轻轻拍两下而已。她一叫唤，我就关上窗子，打人也就这么结束了。这一次，我是动真格了。对我来说，我还没打够呢。”

他解释说，就是因为这样，他才需要听听我的建议。他停下来，调了调烧成炭的灯芯。我一直在听他说，喝了将近一升的酒，觉得太阳穴发烫。我抽着雷蒙的烟，因为我自己的已经抽完了。最后几班电车开过，把郊区的喧嚣声远远带走了。雷蒙继续说话。让他烦恼的是，他对他的情妇还有感情，但他还是想惩罚她。他先是想到把她带去一家酒店，然后叫来“风化警察”，制造一桩丑闻，让她在警察局留个案底；后来，他又找过流氓帮派里的朋友，他们也没找出什么办法来。正如雷蒙跟我说的一样，参加流氓帮派还是值得的。他跟他们说了这事儿，他们建议“破她的相”。不过，这不是他想要的。他要考虑考虑。在这之前，他要问问我的意见。在得到我的建议之前，他想知道我对这件事是怎么想的。我对他说我什么也没想，但是我觉得这很有意思。他问我是不是也觉得其中有诈，我觉得的确像是有点儿猫儿腻。他还问我是不是应该惩罚她，如果我是他我会怎么做，我说我永远也不可能知道，但是我理解他想惩罚她的心情。我又喝了一点酒。他点了一支烟，跟我说了他的想法。他想给她写封信，信里狠狠羞辱她一番，同时说些什么让她后悔；然后，等她来的时候，他就和她睡觉，快完事儿的时候，他就吐她一脸口水，把她赶出去。我觉得这样的话，她的确是受到了惩罚。但是雷蒙对我说，觉得自己写不出他想写的信，他想让我替他写。我没说话，他问我介不介意立马就写，我说不介意。

他喝了一杯酒，站起来，推开盘子和我们吃剩下的冷香肠。他仔细地擦了擦铺在桌上的漆布，然后从床头柜抽屉里拿出一张方格纸、一个黄色信封、一小支红木杆的蘸水钢笔和一小方瓶的紫墨水。他告诉我那个女人的名字，我发现这是个摩尔人。我写好了信。信写得有点儿随意，但是我还是尽力让雷蒙满意，因为我没有理由不让他满意。然后我高声念给他听。他边听边抽着烟，连连点头，然后他请我再念一遍。他非常满意，对我说："我就知道你经验丰富。"我一开始还没发觉他已经用"你"而不是"您"来称呼我了，直到他对我宣布"现在，你是我真正的朋友了"，我才震惊了。他又重复了一遍，我说"是的"。是不是他朋友我无所谓，但他看起来真的很希望我们成为朋友。他封上信，我们把酒喝完。然后我们默默抽了一会儿烟。外面很安静，我们听见一辆小汽车开过去。我说："很晚了。"雷蒙也这么想。他说时间过得真快——从某种意义上来说，这是真的。我很困，可是又站不起来。我看上去一定很累，因为雷蒙跟我说不该垂头丧气。起初，我没明白他的意思。他就解释说，他听说我妈妈死了，但这是迟早要发生的事情。我也这么想。

我起身，雷蒙紧紧抓住我的手，跟我说男人之间总是可以互相理解的。我从他家出来，带上门，在漆黑的楼梯平台上待了一会儿。整栋楼寂静无声，从楼梯井的深处升上来一股昏幽的、潮湿的气息。我只听见耳朵里血液一阵阵流动的声音，我站着不动。在老萨拉玛诺的房间里，狗还在低声哼唧。

04

这一星期，我工作很努力，雷蒙来找过我，说他把信寄出去了。我跟埃马努埃尔去了两次电影院，他对银幕上发生的事情，总看不懂，我不得不给他解释。昨天是礼拜六，玛丽来了，这是我们早就约好的。我对她产生强烈的冲动，因为她脚上穿了一双皮凉鞋，身上穿了一条红白条纹的漂亮连衣裙，隐隐约约可以看见她那对结实的乳房，太阳把她的脸晒成了棕色，整个人像朵花儿。我们坐上一辆公交车，到了离阿尔及尔几千米外的一片海滩，海滩的两边耸立着悬崖峭壁，岸上是一溜芦苇。下午四点的太阳不是很晒，但海水还有点儿温热，长长的细浪懒懒地涌动着。玛丽教我玩一种游戏：游泳的时候，在浪峰喝一口水花，含在嘴里，然后翻身躺在海面上，把水朝天吐出去。这样，水花就像一条泡沫花边一般，在空中消散，或者像温热的雨水，回落到我脸上。可是玩了一会儿，我的嘴就被盐水烧得发烫。玛丽这时候游到我身边，在水中把身子贴在我身上。她的嘴贴上我的嘴，她的舌头为我灼热的双唇带来一丝凉意。我们就这样在海浪里翻滚了好一阵。

我们在海滩上穿好了衣服，玛丽望着我，两眼闪亮亮的。我吻了她。从这时起，我们再没有说话。我搂着她，急忙找到一辆回去的公交车，一回到我住处，我们就立刻跳上了床。窗户开着，我感觉夏夜在我们晒成棕色的身体上流动，很舒服。

这天早上，玛丽留了下来，我对她说我们一起吃午饭。我下楼买了肉。上楼的时候，我听见雷蒙的房间里有女人的声音。不一会儿，老萨拉玛诺又开始骂起狗来，我们听见木头楼梯上响起了鞋底和爪子的声音，接着，在“贱狗！邋遢鬼！”的骂声中，他们上了街。我向玛丽讲了老头儿的故事，她大笑。她穿着我的睡衣，卷起了袖子。她笑的时候，我又产生了要她的欲望。过了一会儿，她问我爱不爱她。我回答她说，这种话毫无意义，但是我好像并不爱她。她看上去很伤心。可是在做午饭的时候，她又无缘无故地笑了起来，结果我又吻了她。就在这时，我听见雷蒙屋里发出一阵争吵声。

先是听见一个女人的尖嗓门，接着只听雷蒙说："你不尊重我，你不尊重我，我要教你怎么尊重我。"几声沉闷的声音之后，女人叫了起来，叫得极其凄厉，楼梯口立刻站满了人。玛丽和我也出去了。那女人一直在叫，雷蒙一直在打。玛丽说这太可怕了，我没回话。她让我去找警察，我告诉她我不喜欢警察。不过，住在三楼的管道工叫来了一个。他敲了敲门，里面突然没声音了；他又用力敲了敲，过了一会儿，那女人哭了起来，雷蒙开了门。他嘴上叼着一支烟，一脸油腔滑调。那姑娘冲到门口，跟警察说雷蒙打了她。"你的名字？"警察问道。雷蒙回答了他。"跟我说话的时候把烟摘了。"雷蒙犹豫了一下，看了看我，又抽了一口。就在那时候，警察对准雷蒙的脸重重地、扎扎实实地扇了一个巴掌。香烟飞出去几米远。雷蒙变了脸色，但他当下一声不吭，然后他怯怯地问警察能不能拾起他的烟头。警察说可以，但他加了一句："但是下一次你记着，别把警察不当回事儿。"这期间，那个姑娘一直在哭，不断重复说道："他打我，这个龟孙子。"于是雷蒙问："警察先生，叫一个男人龟孙子，这是合法的吗？”但警察命令他闭嘴。雷蒙于是转向那个女人，对她说：“等着吧，小娘儿们，我们还会见面的。”警察让他闭嘴，叫那女人走，还叫雷蒙待在屋子里等着局里的传讯。他还说雷蒙醉了，哆嗦成这个样子，应该感到羞愧。这时候，雷蒙跟他解释说：“我没醉，警察先生。只是，我在这里，在您面前，我忍不住哆嗦，我也没办法。”他关上门，大家都走了。玛丽和我做好午饭，但她不饿，几乎全让我吃了。她一点钟的时候走了，我又睡了一会儿。

快到三点钟的时候，有人敲我门，雷蒙进来了。我依旧躺着，他坐在床沿上。他沉默了一阵，我问他那事情怎么样。他说他做了他想做的，但是她扇了他一个耳光，于是他就打了她。剩下的，我都看到了。我对他说，我觉得现在她已经受到了惩罚，他应该满意了。他也是这么想的，他还说，警察帮忙也没用，反正她挨揍的事实已经摆在那儿了。他还说他很了解警察，知道该如何对付他们。他还问我当时是不是等着他回一巴掌给那警察。我回答说我什么也不等，另外，我不喜欢警察。雷蒙看起来很满意。他问我愿不愿意和他一块儿出去。我起身，梳了梳头。他说要我替他作证。我呢，我怎么都行，但是我不知道该说些什么。照雷蒙的意思，只要说那姑娘不尊重他就行了。我答应为他作证。

我们出去了，雷蒙请我喝了一杯白兰地。后来他想打一局桌球，我差一点就赢了。他还想逛妓院，我拒绝了，因为我不喜欢。于是我们慢慢走回去，他说他惩罚了他的情妇，觉得非常满足。我觉得他对我确实不错，我想，这真是个美好的时刻。

远远地，我看见老萨拉玛诺站在门口，神色焦虑。走近后，我发现他没有牵着他的狗。他四处张望，原地打转，使劲朝黑黢黢的走廊深处窥探，嘴里嘀嘀咕咕，睁着他那双小红眼在街上搜寻。雷蒙问他怎么了，他没有立刻回答。我模模糊糊地听他嗫嚅着“贱狗，邋遢鬼”，心情依旧焦躁不安。我问他他的狗去哪里了，他语气生硬地回答说“它走了”。然后突然间，他滔滔不绝地说起来：“我像往常一样，带它去练兵场。赶集的木棚边上围着很多人，我停下来看‘落跑之王’的演出。而当我要继续走的时候，它已经不在那儿了。当然，我早想给它买一个小一点儿的项圈了。但是我从来也没想到这个邋遢鬼能这样就离开了。”

雷蒙对他说，那狗可能迷路了，它会回来的。他举了好几个例子，说狗能跑好几十公里找回主人。虽然如此，老头儿的神色看起来却更焦虑了。“但是您知道，他们会把它弄走的。要是有人还愿意收养它就好了，但这是不可能的，它浑身是痂，人见人嫌。警察会抓走它，肯定的。”于是我跟他说可以去警察局的认领处看看，付点钱就可以把它领回来了。他问我会不会要很多钱，我不知道。于是他就发起火来：“为这个邋遢鬼花钱！啊！它还是死了吧！”他又开始骂起狗来。雷蒙大笑，钻进楼里。我跟了上去，我们在楼梯口分开了。过了一会儿，我听到老头儿的脚步声，他敲了我的门。我打开门，他在门槛上站了一会儿，说：“对不起，对不起。”我请他进来，但他不肯。他望着他的鞋尖，结满痂的手颤抖着。他没有看我，问道：“默尔索先生，您说，他们不会把它抓走吧。他们会把它还给我的吧。不然我该怎么活下去啊？”我对他说，认领处会把狗保留三天，等待失主去认领，过后他们就随意处置了。他默默地望着我，然后他对我说：“晚安。”他关上门，我听见他来回踱步的声音。他的床咯吱作响，我听见一阵细微而奇怪的声音通过隔墙传来，我明白是他在哭。我不知道为什么想起了妈妈。但我明天早上要早起。我不饿，没吃晚饭就上了床。

05

雷蒙往我办公室打了个电话。他说他的一个朋友——他跟他说起过我——邀请我到他离阿尔及尔不远的海滨木屋去过礼拜天。我回答说我很愿意去，但是我已经答应和一个女友一起过了。雷蒙立刻说他的朋友也邀请我的女友，他朋友的妻子会很乐意在一大群男人中间有一个伴儿的。

我本想立刻挂掉电话，因为老板不喜欢人家从城里给我们打电话。但雷蒙要我等一等，他说他本来可以晚上转达这个邀请的，但是他还有别的事情要告诉我。他一整天都被一群阿拉伯人跟踪，其中有他过去情妇的哥哥。“如果你晚上回去看见他们在我们的房子附近，你就告诉我一声。”我说一言为定。

过了一会儿，老板派人来叫我，我立刻烦躁起来，因为我想他又要叫我少打电话多干活儿了。其实，完全不是这么回事儿，他说他要跟我谈一个还很模糊的计划，他只是想听听我关于这个计划的建议。他想在巴黎设立一个办公室，直接在当地和一些大公司做生意，他想知道我是不是能过去工作。这样我就能在巴黎工作，一年中还能出去旅行一下。“您还年轻，我感觉这样的生活您会喜欢的。”我说是的，但说到底，我其实怎么都行。于是他又问我是不是有兴趣换一种生活方式。我回答说，我们从来不能改变生活，无论如何，生活都是一样的，我在这儿的生活也不会令我不高兴。他看起来不满意，说我答非所问，没有野心抱负，这对做买卖来说是个灾难。于是我就回去工作了。我也不想使他不高兴，不过我看不出有什么理由要改变我的生活。仔细想想，我并不算不快乐。我做学生的时候，也有过不少类似的野心。但是当我不得不辍学的时候，我很快就明白了，这一切事实上都不重要。

晚上，玛丽来找我，问我愿不愿意跟她结婚。我说我怎么都行，如果她想的话，我们可以这么做。于是她想知道我爱不爱她。我像上次说过的那样回答她，我觉得这种话毫无意义，不过，很有可能我的确不爱她。“那为什么要娶我呢？”她问我。我跟她解释说这无关紧要，如果她想的话，我们可以结婚。再说，是她要跟我结婚的，我只是说可以。她说结婚是件严肃的事情。我反驳：“不是。”她沉默了一阵，一声不吭地望着我，然后她说话了，说她只是想知道，如果是另一个女人向我求婚，我和那个女人的关系就像和她一样，我会不会接受。我说：“当然。”于是她自问是不是爱我，在这一点上，我呢，我也无从得知。又一阵沉默之后，她自言自语说我是个怪人，她可能就是因为这一点才爱我，但或许有一天，她也会因为同样的理由讨厌我。我不说话，我没什么要说的。她微笑着挽着我的手臂宣布说愿意和我结婚，我回答说，她愿意什么时候结就什么时候结。于是我告诉她老板的提议，她说她愿意见识见识巴黎。我告诉她我在那儿住过一阵，她问我那儿怎么样，我说：“很脏，有鸽子和黑乎乎的院子，但人的皮肤是白的。”

后来我们出去走了走，穿过了城里的几条主要大街。女人们都很漂亮，我问玛丽有没有注意到。她说注意到了，还说她理解我。有一会儿，我们不再说话，但我还是希望她和我在一起，我跟她说我们可以一起去塞莱斯特餐馆吃晚饭。她很想去，但她还有事要做。我们已经走到了我家附近，我跟她说再见。她看着我说："你不想知道我有什么事吗？"我很想知道，但我之前没多想，于是她有种埋怨我的神情。看到我尴尬的样子，她又笑了，身子朝我一挺，把嘴凑上来。

我去塞莱斯特餐馆吃晚饭。我已经吃了起来，这时走进来一个奇怪的小女人，问我能不能坐在我这一桌。她当然可以。她的动作很局促，两眼闪闪发光，一张小脸圆得像苹果。她脱下束腰上衣，坐下，焦躁地看着菜谱。她叫来塞莱斯特，立刻点完了她所有要点的菜，语气精准而急迫。在等冷菜来的时候，她打开手提包，拿出一小方纸和一支铅笔，事先算好钱，从小口袋里掏出来，外加小费，算得准确无误，摆在眼前。这时冷菜上来了，她几口就把菜吃光了。在等下一道菜时，她又从手提包里掏出一支蓝色铅笔和一本杂志，上面是本周广播节目表。她聚精会神地把上面几乎所有的节目一个个勾了出来。由于杂志有十几页，整整一顿饭的工夫，她都在细致入微地做着这项工作。我已经吃完了，她还在专心致志地做着这件事。然后她站了起来，用和刚才一样精准得像机器人一般的动作穿上束腰上衣，离开了。反正我也没什么事儿干，也就出了门，跟着她走了一阵。她沿着人行道的边缘走，步子迅速而坚定到让人难以想象。她一直往前走，不转弯也不回头。最后我看不见她了，便折了回去。我觉得她真是个怪人，但很快就把她忘了。

在门口，我看见老萨拉玛诺。我让他进屋，他说他的狗丢了，因为它不在认领处。那里的工作人员对他说，狗也有可能被轧死了。他问能不能去警局了解这件事，人家告诉他这类事情是没有记录的，因为这种事儿每天都会发生。我对老萨拉玛诺说他可以再养一条狗，但是他请我注意，他已经习惯和这条狗在一起了。我觉得他是对的。

我蹲在床上，萨拉玛诺坐在桌前的一张椅子上。他面对着我，双手放在膝盖上。他还戴着他的旧毡帽，嘴在发黄的小胡子下面含糊地说着什么。我有点儿被他弄烦了，不过反正我也无所事事，也不困。我没话找话地问起他的狗来，他说他是在他老婆死后有了他的狗。他结婚很晚，年轻时，他曾经想演戏剧，所以当兵的时候，他在军队歌舞团里演戏。但最后，他进了铁路部门。他并不后悔，因为现在他有一小笔退休金。他和他老婆在一起时并不幸福，但总的来说，他也习惯了。她死了以后，他感到十分孤独，于是他便跟一个车间的同事要来一条狗。那时候它还很小，他还得拿奶瓶喂它。但是因为狗比人寿命短，他们就一块儿老了。“它脾气很坏，”萨拉玛诺对我说，“时不时地，我们就会怄气。但这总算是一条好狗。”我说这狗品种很好，萨拉玛诺好像很满意。他说：“您还没在它生病之前见过它呢，它最漂亮的是那一身毛。”自从这狗得了这种皮肤病，萨拉玛诺每天早晚两次给它抹药。但是在他看来，它真正的毛病是衰老，而衰老是治不好的。

这时，我打了个哈欠。老头儿说他要走了，我对他说可以再待一会儿，对于他狗的事情，我感到很难过。他谢过我，他对我说，妈妈很喜欢他的狗。说到妈妈的时候，他称她为“您那可怜的母亲”。他猜想，妈妈死后，我应该是相当痛苦的，我没说话。这时，他带着一点尴尬，语速很快地对我说，他知道这一街区的人对我很有看法，因为我把母亲送进了养老院，但是他了解我，他知道我很爱妈妈。我回答说，我至今才知道人们在这方面对我有看法，可我不理解为什么，因为我觉得把母亲送进养老院是一件很自然的事情，毕竟我雇不起人照顾她。“另外，”我补充说，“很久以来她跟我也没话说，她一个人待着闷得慌。”“是啊，”他说，“在养老院里，她至少还有伴儿。”然后他告辞了，想回去睡觉。现在他的生活变了，他有些不知所措。从我认识他以来，第一次，他飞速地向我伸出手，我感觉到他皮肤上有一块块硬皮。他微微笑了一下，离开前，他对我说：“我希望今天夜里那些狗不要叫，我总觉得那是我的狗。”

06

礼拜天，我总也睡不醒，玛丽不得不叫我、摇我，才把我弄醒。我们没吃早饭，因为想早点去游泳。我感觉肚子都空了，还有点儿头痛。我的香烟有一股苦味。玛丽嘲笑我，说我顶着一张“丧葬的脸”。她穿了一条白色连衣裙，头发披散开来。我说她很美，她笑得很开心。

下楼时，我们敲了敲雷蒙家的门。他回答我们说就下去。我们来到街上，由于我很疲倦，也因为我们一直没有打开百叶窗，已经大亮的天色照在我脸上，像是一记耳光。玛丽高兴得直蹦跶，不住地说天气真好。我感觉好了一些，发现自己很饿。我跟玛丽说了，她正给我展示她的漆布手提包，里面放着我们的两件泳衣和一条浴巾。就等雷蒙了，我们听见他关上了门。他穿着一条蓝裤子和一件短袖白衬衫，但是他戴了一顶扁平窄边草帽，逗得玛丽直发笑。露在袖子外的手臂很白，长着黑毛。我看了有点儿不舒服。他吹着口哨下了楼，看样子很高兴。他对我说“嗨，老兄”，而他称呼玛丽为“小姐”。

前一天我们去了警察局，我证明那姑娘“不尊重”雷蒙。他只是受到了警告，就离开了。他们没有调查我的证词。在门前，我们和雷蒙说了说这事儿，然后决定去坐公共汽车。海滩并不太远，但坐车去更快一些。雷蒙认为他的朋友看见我们去得那么早，一定会很高兴的。我们正要动身，雷蒙突然示意我看对面。我看见一群阿拉伯人正靠着烟店的橱窗站着。他们默默地看着我们，以他们特有的方式，完全就像是在看一些石头或者一些枯树一样。雷蒙对我说，左边第二个就是他说的那小子，他好像忧心忡忡的；不过他又说，现在这件事已经了结了。玛丽不是很明白，问我们发生了什么。我跟她说那些阿拉伯人恨雷蒙。玛丽要我们立刻就走，雷蒙身子一挺，笑着说是该赶紧动身了。

我们朝汽车站走去，车站还挺远的，雷蒙告诉我说阿拉伯人没有跟着我们。我回头看了看，他们还在老地方，还是一脸冷漠地望着我们刚刚站着的那地方。我们上了公车。雷蒙似乎完全放心了，不断地跟玛丽开玩笑。我感觉他喜欢她，但是她几乎不搭理他，只是不时地望着他笑笑。

我们在阿尔及尔郊区下了车。海滩离公共汽车站不远，但是必须穿过一个俯瞰大海的小高地，然后就可以下坡直到海滩。高地上满是发黄的石头和雪白的阿福花，衬着已经蓝得耀眼的天空。玛丽抡起她的漆布手提包，打着花瓣玩。我们从一排排小别墅中间穿过，这些别墅的栅栏是绿色或者白色的，其中有一些有阳台，隐没在一片柽柳丛中，有几栋是光秃秃的，周围都是石头。还不等来到高地边缘，我们已经望见了平静的大海，更远一点，还能看到一大块厚实的地岬，昏睡在清冽的海水中。一阵轻微的马达声在宁静的空气中传到我们耳边，远远地，我们看到一条小拖网渔船慢悠悠地行驶在耀眼的海面上。玛丽采了几朵鸢尾花。从通往海边的斜坡上，我们看见已经有几个人在游泳了。

雷蒙的朋友住在海滩尽头的一座小木屋里，房子背靠着悬崖，前面支撑着的木桩已经泡在了水里。雷蒙给我们做了介绍，他的朋友叫马松。马松身材高大魁梧，肩膀很宽；他的妻子身形娇小浑圆，和蔼可亲，一口巴黎口音。他立刻请我们不要客气，吃一些炸鱼，鱼是他早上刚刚打来的。我对他说这房子真漂亮，他告诉我他在这儿过礼拜六、礼拜天和所有的假期。“有我老婆在，大家会合得来的。”他补充说。的确，他的妻子和玛丽笑得正欢。可能是第一次，我真正想到我要结婚了。

马松想去游泳，可他妻子和雷蒙不想去。我们三人刚刚走到海边，玛丽就跳进了水里。马松和我稍微等了一会儿。他说话慢悠悠的，我发现他不管说什么都要加一句“我甚至还要说”来推进，但其实他所补充的话并没有更进一步的含意。谈到玛丽，他对我说：“她真不错，我甚至还要说，很迷人。”后来我就不再注意他这口头禅，只顾着享受太阳晒在我身上的美妙感觉了。沙子开始在脚下发热。我又克制了一会儿想下水的欲望，但最后我跟马松说“下水吧”，就扎进了水里。他慢慢走进水里，直到站不稳了，才扎进去。他游蛙泳，游得很差，我只好抛下他去找玛丽。水很凉，我游得很满足。我和玛丽一起游远了，我感觉我们在动作和满足的心情上都很一致。

游到远处，我们改为仰泳，我脸朝着天，阳光隔开了我嘴里喷射而出的最后几层水幕。我们看到马松又回到了沙滩，躺着晒太阳。远远望去，他真是个庞然大物。玛丽想和我一起游。我游到她后面抱住她的腰，她在前面用胳膊划水，我在后面用脚打水来帮她。一个早晨，哗哗的打水声一直跟着我们，直到我觉得累了。于是我放开玛丽，往回游去，恢复了正常的姿势，呼吸也自如了。沙滩上，我趴在马松近旁，把脸埋在沙子里。我跟他说“真舒服”，他也同意。没过多久，玛丽也来了。我翻过身子，看着她走过来。她浑身湿漉漉的，头发甩在后面。她紧挨着我躺下，她身体的热量和太阳的热量一起，烤得我迷迷糊糊，慢慢睡着了。

玛丽晃了晃我，说马松已经回去了，该吃午饭了。我立刻站起来，因为我饿了，可是玛丽跟我说，我一早上都没吻过她。的确是这样，不过，我一直很想吻她。“到水里来。”她说。我们跑起来，扑进袭上沙滩的一阵阵细浪里。游了几下，玛丽贴在我身上。我感觉到她的腿夹着我的腿，即刻感到一阵冲动。

我们回来时，马松已经在喊我们了。我说我太饿了，他立刻跟他妻子说他很喜欢我这样。面包很不错，我狼吞虎咽地把我那份鱼吃光了，然后还有肉和炸土豆。我们吃着，都没说话。马松时不时地喝着酒，还不断地给我倒酒。上咖啡的时候，我的脑袋已经昏昏沉沉的了，我抽了很多烟。马松、雷蒙和我，我们三个计划一起在海滩过八月，费用大家一起出。玛丽忽然对我们说："你们知道现在几点吗？才十一点半呀。"我们都很惊讶，可是马松说我们吃得太早了，这也很自然，肚子饿的时候就是饭点。我不知道为什么这句话竟把玛丽逗笑了，我觉得她有点儿喝多了。马松问我要不要和他去海滩上散散步："我老婆午饭后总要睡午觉。我可不喜欢睡午觉，我得走走。我总是对她说，这更有益健康，但毕竟，这是她的权利。"玛丽说要留下来帮着马松太太洗盘子。那个巴黎小女人说要干这些事儿，得把男人赶出去。我们三个人走了。

太阳几乎是直射在沙子上，海面上的太阳光刺得人睁不开眼。海滩上一个人也没有了，从建在高地边上、俯瞰着大海的木屋中，传来了盘子和刀叉的声响。石头的热气从地面蹿腾上来，热得人喘不过气来。开始，雷蒙和马松谈起一些我不知道的人和事，我这才知道他们已经认识很久了，甚至还一块儿住过一阵。我们朝海水走去，沿海边走着。有时候，一阵小海浪——比其他海浪都长——漫上来，打湿了我们的布鞋。我什么也不想，因为我没戴帽子，太阳晒得我昏昏欲睡。

这时，雷蒙跟马松说了句什么，我没听清楚；与此同时，在海滩尽头离我们很远的地方，有两个穿蓝色司炉工[1]装的阿拉伯人朝我们这个方向走来。我看了看雷蒙，他说："是他。"我们继续走。马松问这些人怎么会跟我们到这里来。我想他们大概看到我们上了公共汽车，手上还拿着个沙滩包，不过我什么都没说。

阿拉伯人走得很慢，但离我们已经近得多了。我们没有改换步伐，但雷蒙说："如果打起架来，马松，你搞定第二个，我就对付我那个家伙；你，默尔索，要是再来一个，就交给你了。"我说："好。"马松把手放进口袋，我觉得晒得发热的沙子现在都发红了。我们迈着均匀的步伐朝阿拉伯人走去，我们之间的距离在匀速地减小。当距离只有几步远的时候，阿拉伯人停住了。马松和我，我们放慢了步子。雷蒙直接走向和他有过节儿的那个家伙。我听不清他对那人说了什么，只见那人

1 即锅炉司炉人员，指操作锅炉设备的专业技术人员。——编者注

摆出一副要揍他的样子。雷蒙上去就是一拳，同时叫了一声马松。马松冲向那个指定给他的男人，狠命砸了两拳。那个阿拉伯人被打进水里，脸朝下，就这样待了几秒钟，脑袋周围冒上来一大串泡泡。这时，雷蒙还在打，那个阿拉伯人满脸是血。雷蒙转身对我说："看着他的手要掏出什么。"我对他喊："小心，他有刀！"可是，雷蒙的手臂已经给划开了，嘴巴上也挨了一刀。

马松往前一跳，但是另一个阿拉伯人已经从水里爬起来，站到了那个拿刀的人身后。我们不敢动了。他们慢慢后退，不停地打量我们，用刀威胁着我们。他们感觉自己已经退到相当远的地方，就飞快逃跑了，我们待在太阳底下动弹不得，雷蒙紧紧摁住他滴血的胳膊。

马松立刻说有一位医生总是来高地过礼拜天。雷蒙想马上就去，但他一说话，嘴里的伤口就泛出血泡来。我们扶着他，尽快地回到木屋。雷蒙说他只受了一点皮肉伤，可以到医生那里去。马松陪着他去了，我留下把事情的经过告诉两个女人。马松太太哭了，玛丽脸色发白；而我呢，还要给她们讲述这件事，这让我心烦。最后我不说话了，望着大海抽起烟来。

差不多一点半的时候，雷蒙和马松回来了。雷蒙胳膊上缠着绷带，嘴角上贴着橡皮膏。医生说不碍事儿，但雷蒙的脸色很阴沉。马松想逗他笑，但是他始终一声不吭。后来他说要去海滩，我问他到海滩上什么地方。他回答说随便走走透透气。马松和我说要陪他一起去。于是他发起火来，骂了我们一顿。马松说那就随他去吧，但我还是跟着他出去了。

我们在海滩上走了很久。太阳已经炽热难耐，阳光在沙滩和海面上散落开来。我感觉雷蒙知道要去哪儿，但有可能是我感觉错了。在海滩的尽头，我们看到一口小水泉，在一块大石头后面的沙地里流淌着。那里，我发现了那两个阿拉伯人。他们躺在那儿，穿着油腻的蓝色工装。他们看起来很平静，几乎可以说是很满足。我们的到来没有让他们做出任何改变。用刀刺了雷蒙的那个人一言不发地望着他；另一个斜眼看着我们，吹着一截小芦苇秆，重复着那东西发出的三个音。

这时候，周围只有阳光、寂静、泉水汩汩的流淌声和那三个音符。然后雷蒙的手摸向口袋里的手枪，可是那人没有动，他们一直对视着彼此。我注意到吹芦苇秆的那人脚趾分得很开。雷蒙一边盯着他的对手，一边问我：“我把他干掉？”我觉得如果我说不，他一定会火冒三丈，非开枪不可。我只是对他说："他还没说话呢，这样就开枪不好。"我们依然听到泉水和芦苇秆细微的声响，隐匿在这一片寂静和暑气之中。雷蒙说："那么，我先骂他一顿，他一还口，我就干掉他。"我回答："就这么干，但是如果他不掏出刀子，你不能开枪。"雷蒙有点儿火了。另一个人还在吹，他们俩注意着雷蒙的一举一动。"不，"我对雷蒙说，"还是一对一单挑吧，把手枪给我。如果另一个来插手，或者他掏出刀子，我就干掉他。"

雷蒙把枪给了我，太阳光在枪上一闪而过。不过，我们还是站着不动，好像周围的一切把我们包裹住了一样。我们一直盯着对方的眼睛，在大海、沙子和阳光之间，一切好像静止了，笛声和水声都消失了。这时我想，可以开枪，也可以不开枪。突然，那两个阿拉伯人倒退着溜到大岩石后面。于是，雷蒙和我就往回走了。他显得好些了，还说到了回去的公交车。

我一直陪他走到木屋前，他一级一级登上木台阶。我在第一级台阶前站住了，脑袋被太阳晒得嗡嗡作响，一想到要费那么大力气爬木台阶，还要和女人们说话，就提不起劲儿。可是天那么热，一片光线如雨丝般从天而降，亮瞎人眼，就这么一动不动站在那儿也是受罪。过了一会儿，我转身朝向海滩，迈开步子往前走。

那儿的阳光依旧火红炽热。沙滩上，大海急速地呼吸着，被细小的浪花压得喘不过气。我慢慢朝着岩石走去，我感觉我的额头被太阳晒得肿胀起来。全部的热气压着我，让我无法往前走。每当我感到一大股热气向我脸上扑来，我就咬紧牙关，握紧揣在裤兜里的拳头。我全身紧绷，决意要战胜太阳和它带给我的昏昏沉沉的迷眩。从砂砾上、雪白的贝壳上或是一片碎玻璃上反射出来的光，像一把把利剑劈过来，每闪一下，我的牙关就收紧一下。我走了很长时间。

远远地，我看见了那一小堆昏暗的岩石，阳光和海上的尘埃在它周围罩上一圈炫目的光环。我想到那岩石后面的清凉泉水，想再听听这淙淙的流水声，想躲避太阳，想不再费力往前走，想不再听到女人的哭声，想找一片阴凉的地方，休息一下。可是当我走近了，我看到雷蒙的对头又回来了。

就他一个人。他仰面躺着，双手枕在脖子下面，前额在岩石的阴影里，身子露在太阳底下。蓝色工装被晒得冒热气。我有点儿吃惊，对我来说，那件事已经了结了，我到这儿来根本没有想着那件事。

他一看见我，就稍稍直了直身子，把手插进了口袋；而我，则自然而然地握紧了外套口袋里雷蒙的那支手枪。然后他又朝后躺下了，但是并没有把手从口袋里抽出来。我离他还相当远，差不多有十米吧。透过他半开半闭的眼皮，我隐约地看见他的目光时不时地一闪。然而大部分时候，我看见的是他的脸在我眼前的一片腾腾热气中晃动。海浪的声音更加慵懒了，比中午时候更加平和。还是那同一个太阳，还是那一片光亮，还是那一片伸展到这里的沙滩。两个钟头了，白昼纹丝不动；两个钟头了，白昼在这一片金属般被炙烤过的海洋里抛下了锚。天边驶过一艘蒸汽小轮船，我是因为瞥见一个小黑点而这么猜测的，因为我始终盯着那个阿拉伯人看。

我想我只要一转身，事情就完了。但是整个沙滩在烈日下震动，在我身后挤作一团。阿拉伯人没有动，无论如何，他离我还很远。也许是因为他脸上的阴影吧，他好像在笑。我等着。太阳晒得我两颊发烫，我觉得汗珠在我眉毛里积聚了起来。这太阳和我安葬妈妈那天的太阳一样，我的脑袋也和那天一样难受，所有的血管都一齐在皮肤下面跳动。我再也受不了这热气了，就往前移动了一步。我知道这很愚蠢，因为往前走一步也无法使我摆脱这太阳。但我还是走了一步，只往前走了一步。而这一次，阿拉伯人没有起身，却抽出了刀子，在烈日下明晃晃地对着我。光线从刀刃上喷射而出，像一把闪耀的利剑，直直地刺中了我的额头；与此同时，我眉毛中积聚着的汗水一下流到了眼皮上，给眼睛蒙上了一层温热而浓稠的水帘。这一泪水和盐水混合而成的水帘后面，我的眼睛什么都看不见了。我只感觉到太阳光像铙钹一样，一阵阵地敲在我的前额，蒙蒙眬眬间，那刺眼的刀锋一直正对着我。滚烫的刀尖啃噬着我的睫毛，挖凿着我痛苦的眼睛。就是这时候，一切都摇晃起来。大海呼出一口沉闷而炽热的气息。我感觉天门洞开，烈火如雨，倾泻而下。我全身紧绷着，手紧紧握住手枪。扳机扣动了，我摸着光滑的枪柄，猛地一按，就那一刻，一声干巴巴的巨响震耳欲聋，一切都开始了。我甩了甩汗水和阳光。我知道我打破了这一天的平衡，打破了海滩上不寻常的宁静，而在这宁静的海滩上，我曾是幸福的。于是，我又对准那具已经了无生气的肉体开了四枪，子弹打进去，也看不出什么来。而这四枪，就像是我在苦难之门上，急促地叩了四下。

第二部分

01

我被拘捕后没多久，就被审讯了好几次，但每次都只是身份调查，没持续多久。第一次是在警察局，我的案子似乎没引起谁的兴趣。一星期后，倒是一位预审调查法官好奇地看了看我。但是刚开始，他只是问了问我的名字、地址、职业、出生日期和地点。然后他想知道我有没有找律师。我说没有，还问他是不是一定要有一个。“为什么会这么问？”他说。我回答说我觉得我的案子很简单。他微笑着回答：“您可以这么认为。但是，法律就是法律。如果您不找律师的话，我们会为您指派一个。”我觉得司法机构还管这么细节的事情，真是太方便了。我对他说了我这个想法，他表示赞同，总结说，法律制定得很好。

一开始，我没太把他当回事儿。他是在一间挂着窗帘的房间里接待我的，他的桌子上只有一盏灯，照亮了他让我坐的那把椅子，而他自己则坐在黑暗中。我已经在书里读过类似的描写了，这一切在我看来都是一场游戏。谈话之后，我倒是看清他的模样了，我看到一个五官清秀的人，深蓝色的眼睛，高大的身材，长长的灰色小胡子，一头几乎全白的头发。他在我看来是个通情达理的人，总之，是和蔼可亲的，虽然有时会有一种神经质的抽搐扯动他的嘴。出门的时候，我甚至想伸出手来和他握手，但我及时地想起我的手曾经杀过一个人。

第二天，一位律师到监狱里来看我。他又矮又胖，相当年轻，头发梳得服服帖帖。尽管天热（我只穿了衬衫），他还是穿了一身深色的套装，衣领有点儿破，还戴了一条奇怪的领带，上面是黑白相间的粗大条纹。他把夹在胳膊下的公文包放在我的床上，做了自我介绍，对我说他研究了我的材料。我的案子有点儿棘手，但是如果我信任他，胜诉是没有问题的。我谢过他，他说："我们言归正传吧。"

他在我的床上坐下，对我说，他们已经了解了我的私生活，知道我妈妈最近死在了养老院里。他们到马朗戈去做过调查，调查人员得知了我在妈妈下葬那天“表现得麻木不仁”。“您知道，”我的律师对我说，“我有点儿不好意思问您这些事，但这很重要。如果我无言以对的话，这会成为起诉的一条重要论据。”他要我帮助他。他问我那一天是不是很痛苦。这个问题让我很惊讶，我觉得如果要我来提这个问题的话，我会很难开口的。但我还是回答说我有点儿失去了自我探究的习惯，我很难回答他。毫无疑问，我很爱妈妈，但这不能说明任何问题，所有健康的人都或多或少希望过他们所爱的人死去。说到这里，律师打断了我的话，他看起来非常激动。他要我保证不在庭上说这句话，也不在预审调查法官那里说。不过，我跟他解释说我有一种天性，就是肉体上的需要常常使我的感情混乱。安葬妈妈的那天，我太累了，也非常困，以至于我根本没有意识到周遭发生的事情。我能肯定的是，我更希望妈妈没有死。但是我的律师没有露出满意的神情，他对我说：“这还不够。”

他想了想，问我是不是可以说那天我控制住了我本能的情绪。我对他说：“不能，因为这不是真的。”他以一种奇怪的方式望了望我，好像我使他感到有些厌恶。他几乎是有点儿不怀好意地对我说，无论如何，养老院的院长和工作人员将会出庭作证，这将会让我“怎么死的都不知道”。我请他注意这件事和我的案子没有关系，但他只是告诉我，很明显，我本来和司法机构也没关系。

他很生气地走了。我本想留住他，跟他解释说我渴望得到他的同情，如果可以的话，我宁愿说这种渴望是出于本性，而不是为了得到更好的辩护。尤其是，我看得出，我让他感到不自在了。他不理解我，还有点儿怨恨我。我想对他说，我和所有人一样，绝对地，和所有人一样。可是这一切，说到底，实际上也没多大用处，而且我也懒得说。

不久之后，我又被带到了预审调查法官面前。这时候是下午两点钟，这一次，他的办公室很亮堂，只有一层纱窗帘勉强地遮一遮光。天气很热。他请我坐下，很客气地对我说，我的律师“很不凑巧地”没能来，但是我有权利不回答他的问题，等待我的律师来援助我。我说我可以独自回答。他用手指按了一下桌上的一个按钮，一位年轻的书记员走进来，紧紧挨着我的后背坐下了。

我们俩都舒适地坐在各自的扶手椅里。审讯开始，他首先说人家把我描绘成一个沉默寡言不动声色的人，他想知道我对此有什么看法。我回答："因为我总觉得没什么可说的，于是我就不说话。"他像第一次一样笑了笑，承认这是最好的理由，接着他又补充了一句："再说，这也没什么要紧的。"他不说话了，看了看我，然后相当突然地直了直身子，很快地对我说："我感兴趣的，是您。"我不太明白他说这话是什么意思，就没有回答。他又说："您的有些举动让我不能理解，我相信您可以帮助我理解。"我说这一切都很简单。他让我把那一天的事情再讲一遍。我把已经跟他讲过的事情又叙述了一遍：雷蒙、海滩、游泳、纠纷，又是海滩、小水泉、太阳，还有开了五枪的事。我每说一句，他都说"好，好"；当我说到直挺挺地躺在地上的尸体时，他表示赞同地说道："很好。"而我已经厌倦于翻来覆去说一件事了，我感觉我从来没说过那么多话。

一阵静默，接着他站起来，说他愿意帮助我，我让他很感兴趣，如果上帝帮忙的话，他一定能为我做些什么。不过在这之前，他还有几个问题想问我。他直截了当地问我爱不爱妈妈。我说："爱，和所有人一样。"一直有规律地敲着打字机的书记员一定是按错了建，因为他有点儿尴尬，不得不往回退机器。调查法官又问我——表面上看起来还是没什么逻辑——那五枪是不是连续开的。我回想了一下，说先开了一枪，几秒钟之后，又开了四枪。于是他问：“为什么您在第一枪和第二枪之间停了停？”又一次，我看见了那片红色的沙滩，感觉太阳在炙烤着我的额头。但是这一次，我什么也没说。一片沉默中，法官看起来坐立不安。他坐下来，抓弄着头发，把胳膊支在办公桌上，微微朝我俯下身来，神情有点儿奇怪：“为什么，为什么您会往一个躺在地上的尸体开枪？”这个问题，我也不知道如何回答。法官把双手放在额头上，重复了一遍他的问题，声音有点儿细微的变化：“为什么？您一定得对我说。为什么？”我一直不说话。

突然，他站了起来，大步走到他办公室尽头的一个文件柜前，拉开一个抽屉。他拿出一个银十字架朝我走来，十字架一路晃荡着。他的声音完全变了，几乎是颤抖着，他大声问我：“这个东西，您认得吗？”我说：“认得，当然认得。”于是他语速飞快、热情洋溢地对我说他信仰上帝，他相信没有一个人的罪孽会深重到上帝都无法原谅他的地步，但是他必须悔过，变得和孩子一样，灵魂是空的，准备好接受一切。他整个身子都伏在桌子上，差不多就在我头顶上摇晃着十字架。说真的，他的这番推理我没怎么跟上思路：首先是因为我太热了，他的办公室里有几只大苍蝇，落在我的脸上，也因为我有点儿怕他；同时我也发现这很可笑，因为无论如何，毕竟那个罪犯还是我。然而他还是喋喋不休。我差不多理解了，在他看来，我的供词中只有一点不清楚，就是等了一下才开第二枪的这个事实。其余的都很明白，但就这一点，他不懂。

我正要对他说，他没必要这么固执，因为最后这一点并没有那么重要。但是他挺直了身子，打断了我，又最后一次劝告我，问我信不信上帝。我说不。他气愤地坐下了。他跟我说这不可能，所有人都信上帝，即使是那些扭过头不敢看主的人。这是他的信仰，如果要他怀疑这一点的话，那他的生命将不再有任何意义。他大喊道："难道您要我的生命失去意义吗？"在我看来，这和我没关系，我也这么跟他说了。但他已经把基督像从桌子那端推到了我的眼皮底下，失去理智一般大叫起来："我，我是基督徒，我要请求他饶恕你的罪过。你怎么能不相信他曾经为你受难呢？"我清楚地意识到他用"你"来称呼我了，但我已经厌倦了。屋子里越来越热。跟平时一样，当我不想听对方讲话的时候，我就做出赞同的样子。让我惊讶的是，他竟真的开始扬扬得意。“你看，你看，”他说，“你是不是也信了？你是不是要把真话告诉他了？”显然，我又说了一次“不”。他一屁股跌坐在他的扶手椅里。

他看起来很疲惫，好一阵沉默不语。打字机一直跟着我们的对话，这时还在打着最后几句话。然后，他带着一丝哀伤，凝视着我，嘀咕着说：“我从来没有见过像您这么顽固的灵魂，那些来到我面前的罪犯在这个受苦受难的形象面前，没有一个不声泪俱下的。”我本想回答他，那是因为他说的都是罪犯；但是我立刻想到，我和他们一样，也是罪犯。对于这个想法我总是不能习惯。这时，法官站了起来，像是在告诉我审讯已经结束了。他只是用一种有些厌倦的神情问我有没有后悔自己的行为。我想了想，说“与其说是真正的悔恨，不如说是某种厌烦”。我觉得他没明白我的话。不过那天发生的事情也就到此为止了。

后来我又见了这位预审法官不少次，只是我每次都有律师陪着。他们只是让我对之前做的供词再明确一些细节，或者是法官和我的律师讨论指控的罪名。但实际上，这些时候他们根本就不管我了。总之，渐渐地，审讯的调子改变了，好像法官不再对我感兴趣了，他已经以某种方式把我的案子归档了。他不再跟我谈论上帝了，我也再没有看见他和第一天那样激动过。结果，我们的谈话反而变得更加亲切了。提几个问题，和我的律师聊聊，审讯就结束了。按照预审法官的话来说，我的案子走在正轨上。有时候，如果谈话涉及的是一般问题，他们就让我也参与进来。我开始喘过气来了。这时候大家对我都不坏，一切都是这么自然，解决得这么好，上演得这么有分寸，我竟然有了一种“和他们都是一家人”的可笑感觉。预审持续了十一个月，可以说令我自己都感到惊讶的是，有生以来最使我喜悦的事竟然是有那么不多的几次，法官把我送到他办公室门口，拍着我的肩膀亲切地说：“今天就到这里，反基督先生。”然后他们再把我交到法警手里。

02

有些事情我是从来都不喜欢谈论的，而自从我进了监狱，没过几天我就知道，我将来是不会喜欢谈论我这一段生活的。

又过了一段时间，我就发现这种反感也没什么必要。事实上，头几天我并不是真的在坐牢：我在模模糊糊等着什么新情况。直到第一次，也是唯一一次，玛丽来看我之后，一切才开始。从我收到她的信那天开始（她说她的家人不允许她再来了，因为她不是我的妻子），我才感觉到我住的地方是牢房，我的生活到此为止了。我被捕的那一天，他们先是把我关在了一间已经有好几个囚犯的牢房里，其中大部分是阿拉伯人。他们看到我的时候都笑了，然后问我犯了什么事。我说我杀了一个阿拉伯人，他们就都不说话了。但是过了一会儿，天就黑了。他们告诉我该怎么铺睡觉的席子，把席子一头卷起来，就可以做成一个长枕头。整整一晚上，臭虫在我脸上爬。几天之后，他们把我隔离进另一个牢房，睡在一块木板上，我还有一个便桶和一个铁盆。监狱建在城市的高地上，我可以从一个小窗口看见大海。有一天，我正抓着铁栏杆，脸朝着有亮光的地方，一个看守进来，说有人来看我，我想应该是玛丽。果然是她。

要到接待室去，需要穿过一条长走廊，上一段台阶，最后再穿过一条走廊。我走进去，那是一个明亮的房间，光线从一个大窗户里射进来。两道大铁栅栏从长度上把房间分成三部分。两道铁栅栏之间相距八到十米，把探望的人和囚犯隔开。我看见玛丽在我面前，穿着条纹连衣裙，脸晒成了棕色。跟我站在一起的，有十几个囚犯，大部分是阿拉伯人。玛丽被一群摩尔人围绕着，左右两边都有。一个是身材娇小的老太太，嘴唇紧闭着，穿着黑衣服；另一个是没戴头巾的胖女人，说话嗓门很大，手舞足蹈。由于铁栅栏之间距离较远，探监的人和囚犯都不得不高声叫嚷。我进去之后，吵吵嚷嚷的声音在光秃秃的大墙之间来回撞击，刺眼的光线从天上泻到玻璃上射进房间，我感到一阵头晕眼花。我的牢房比这里安静很多，也昏暗很多，我需要好几秒钟才能适应。但我最终还是看清了凸显在光亮中的每一张面孔。我注意到一个看守坐在两道铁栅栏之间的走廊的尽头。大部分阿拉伯囚犯和他们的家人都面对面地蹲着，他们不大声喊叫，尽管房间里乱糟糟的，他们还是低声说话，而且能让彼此听得见。他们沉闷的低语声从下面升上来，穿梭在他们头顶，在他们的谈话中形成一个持续的低音部。这一切，都是我在走向玛丽时很快就注意到的。她已经紧紧地贴在栏杆上，竭力地冲我挤出一个微笑。我觉得她很美，但我不知道怎么和她说这件事。

“怎么样？”她大声问我。

“就这样。”

“你还好吗？需要的东西都有吗？”

“好。都有。”

我们都不说话了，玛丽一直在微笑。那个胖女人对着我身边的一个人大叫，那人应该是她的丈夫，一个高个子的金发男人，目光坦率。我听到他们一段谈话的片段：

“让娜不愿意要他。”她声嘶力竭地喊。

“哦……哦。”那男人说。

“我跟她说你出来后还是会继续接管他的，但她就是不愿意要他。”

玛丽也对我大喊，说雷蒙向我问好。我说：“谢谢。”但我的声音被我旁边那人给盖住了。他问道：“他还好吗？”他妻子笑着说：“他的身体从来没这么好过。”我左边是个矮小的年轻人，手很纤细，他什么都不说。我注意到他对面正是那位身材娇小的老太太，两个人紧紧地凝望着对方。不过我没有时间再观察他们了，因为玛丽对我喊道要心怀希望。我说：“是的。”与此同时，我望着她，我渴望隔着裙子紧紧搂住她的肩膀。我渴望摸摸这细腻的布料，我不知道除此之外我还有什么应该盼望的了。但是这一定就是玛丽刚才的意思，因为她一直在微笑。我只看到她发亮的牙齿和眼角上细细的皱纹。她又喊道：“你会出来的，出来我们就结婚！”我回答道：“你相信吗？”但主要是为了找点话说。于是她连忙大声地说她相信，她相信我会被无罪释放，我们还会去游泳。但边上那个女人又大喊起来，说她在书记员那里留了个篮子。她一样一样说她在里面放了什么，必须核对一下，因为里面东西都很贵。我另一边的男人和他母亲一直互相凝望着；阿拉伯人的轻声交谈在我们下方继续着。外面的光线好像越来越强，直射在窗户上。

我感到有些不舒服，我想离开，喧嚣声让我难受；但另一方面，我又想多看看玛丽。我不知道过了多久。玛丽跟我说她的工作，她还是一直在微笑。低语声、喊叫声、谈话声交织成一片。只有一座寂静的小岛在我边上——我身边的年轻男人和那个老妇人，他们只是互相凝望着。渐渐地，阿拉伯人都被带走了。第一个人离开的时候，几乎所有人都不说话了。那个小老太太走近栏杆，同时，一个看守朝她的儿子做了个手势。他说："再见，妈妈。"她把手从两根铁栏杆之间伸出来，慢慢地、久久地摆动着。

她刚走，一个男人便进来了，手里拿着帽子，占了她刚才的位子。这一边也有一个犯人被带进来，他们热烈地谈了起来，但声音很小，因为房间已经重新安静了下来。有人来叫我右边的那个人，但是他老婆和他说话的声音并没有放低，好像她没有注意到已经不需要喊叫了："好好照顾自己，凡事小心。"然后就轮到我了。玛丽做出吻我的姿势。我在离开之前又回了头，她站着不动，脸紧紧贴着铁栅栏。她还在微笑，微笑中带着一丝无所适从的紧张。

那之后不久，她就给我写了那封信。也是从这时候开始，那些我永远都不想说起的事情开始了。不管怎么说，不该有任何的夸大，这对我来说倒比别的事情容易。在我被监禁的头些天里，其实对我来说最艰难的事，就是我还有自由人的念头。比如说，我还想去海滩，朝大海走去。我想象着最先冲到我脚底板下的海浪的声音，想象着纵身跳入水里，以及我所感受到的解脱，这时候我才突然感觉到牢房的四面墙壁是多么靠近。但这只持续了几个月，接着，我就只有囚徒的想法了。我等待每天在院子里的放风或者我律师的到访，其余的时间，我也安排得很好。我常常想如果让我住在一棵枯树干里，除了抬头看看头顶天空的流云，无所事事，我也会习惯的。我会等待着鸟儿飞过或者白云相会，就像我在这里等着我律师的奇怪领带，或者就像在另一个世界，我耐心地等到礼拜六，抱紧玛丽的身体一样。不过，仔细想来，我并不在一根枯树干里。还有比我更不幸的人——这其实也是妈妈的一个想法，她生前总说，到头来，人什么都能习惯。

况且，情况还没那么不堪忍受。最初几个月是很艰苦。但是我强迫自己努力克制，也就熬过来了。比如，我被对女人的欲望折磨。这很自然，毕竟我还年轻。我并没有特别想到玛丽，但我总是想女人，随便哪一个女人，想到那些我过去认识的女人，那些我曾经爱过她们的各种各样的场合，最后我的牢房里充斥着女人的面孔和我膨胀的欲望。从某种意义上来说，这让我精神失常，但从另一个角度来说，这也帮我打发了时间。最后我博得了看守长的好感，他总是在饭点和厨房的伙计一起来。是他先跟我谈起了女人，他告诉我，这也是其他人抱怨的第一件大事。我对他说我和他们一样，我认为这种待遇不公正。“但是，”他说，“就是为了这个，才让你们蹲监狱啊。”“什么，为了这个？”“是的，自由，就是这个。您被剥夺了自由。”我从没想到这一点。我赞同他的看法，我说：“的确，不然的话惩罚什么呢？”“对，您是个明事理的人，其他人却不懂，最后他们只能自己解决。”看守说完就走了。

还有香烟，也是个问题。我进监狱的时候，他们拿走了我的腰带、鞋带、领带和我口袋里所有的东西，特别是我的香烟。一进牢房，我就要求他们还给我，但是他们告诉我说这里禁烟。最初的几天真难熬，也许这就是最令我沮丧的事情。我从木板床上撕下几块木头来嚼一嚼。我整天想吐。我不明白，为什么他们不让我抽烟，抽烟并不损害任何人。后来我明白了，这也是惩罚的一部分，但这时候，我对不抽烟已经习惯了，这个惩罚对我已经不再是惩罚了。

除了这些烦恼，我不算太不幸。我还是得说，所有的问题在于如何打发时间。从我学会了回忆开始，我就终于一点儿都不感到烦闷了。有时候，我想我从前的房子，在想象中，我从一个角落开始走，再回到原处，心里数着一路上所看到的东西。一开始，很快就数完了。但是每一次重新开始，就变得稍微长了一点。因为我想起了每一件家具，每一件家具上的每一件东西，每一件东西上的所有细节，还有那些细节的本身：一个镶嵌着的装饰、一道裂缝、一道有缺口的边，还有它们的颜色和肌理。与此同时，我还试图让我这份清单不要断线，试图把每一件东西都数全。结果，几个星期之后，我就能花上好几个钟头，只是在数我房间里的东西。这样，我越是想，想出来的原本被忽视甚至被遗忘的东西就越多。于是我明白了，一个人哪怕只生活过一天，也可以在监狱里毫无困难地过上一百年。他会有足够的东西来回忆，而不至于感到烦闷。从某种意义上来说，这也是一种好处。

还有睡觉。最初我夜里睡得不好，白天根本睡不着。渐渐地，夜里我也能睡好，白天也能睡着了。我可以说，在最后几个月里，我每天睡十六到十八个小时。那么我每天要消磨的时间就剩下六个钟头了，其中包括吃饭、解决生理需求、回忆和读捷克斯洛伐克人的故事。

在草褥和床板之间，有一天我发现了一张旧报纸，报纸几乎粘在布上，已经发黄透亮了。上面有一则新闻，开头已经没有了，但看得出来事情是发生在捷克斯洛伐克。一个人离开捷克的农村，去外面打拼。二十五年之后，他发了财，带着老婆和一个孩子回来了。他的母亲和他的妹妹在家乡的村庄开了一个旅店，为了让他们吃一惊，他把他的老婆和孩子安放在另一个地方，自己到了他母亲的旅店里，他进去的时候，她没认出他来。他想开个玩笑，就想着要一个房间，还露了财。夜里，他母亲和他妹妹用大锤把他打死，并且偷了他的钱，把尸体扔进河里。第二天早晨，他妻子来了，无意中说了旅客的姓名身份。母亲上吊了，妹妹投了井。这段故事我读了上千遍：一方面，这件事听上去不可思议；另一方面，却又很自然。无论如何，我觉得那个旅客有点儿自作自受，人永远也不该演戏。

就这样，睡觉、回忆、读我的新闻，昼夜交替，时间就过去了。我在书里读过，人最后都会失去时间概念，但是对我而言，这并没有太多意义。我始终不理解，日子为什么可以如此漫长又如此短暂。日子过起来如此漫长，这是毫无疑问的，但它们却又如此紧凑，一天推涌着一天。它们失去了自己的名字，只有“昨天”和“明天”这两个词，对我来说还剩下一些意义。

有一天，看守告诉我说，我进来已经五个月了，我相信这一点，但又不理解。对我来说，我在监狱里过的总是同样的一天，做的也总是同样的事。那天，看守走了以后，我对着我的铁碗看了看自己，我觉得就是在我试图微笑的时候，我的样子看起来还是很严肃。我拿着它在面前晃了晃。我已经微笑了，可碗里的倒影还是那么严肃而忧愁。天黑了，这是我不愿谈及的时刻，这是一个难以名状的时刻，夜晚的嘈杂声在监狱各楼层响起，继而是一片寂静。我走近小窗口，借着最后一丝光亮，我又凝视了一番自己的模样。还是这么严肃，这有什么奇怪的呢，因为此刻，我就是这么严肃啊。但就在那时候，几个月来头一次，我清楚地听见了自己说话的声音。我认出来，这就是好多天以来在我耳畔回响的声音，我明白了，那么久以来，我都是一个人自言自语。我想起来母亲下葬那天女护士说过的话。不，没有出路，没有人可以想象监狱的夜晚是怎样的。

03

一个夏天替代另一个夏天，说到底，就如白驹过隙。我知道，第一阵炎热到来的时候，我的事情就要有新的进展。我的案子定于重罪法庭最后一次开庭时审理，这次开庭将于六月底结束。辩论进行的时候，外面太阳热辣辣的。我的律师告诉我，辩论最多持续两到三天。“何况，”他还说，“法庭忙着呢，您的案子并不是这次最重要的一件。您的案子后面，立刻就要办理一件弑父案。”

早晨七点半，有人来接我，囚车把我送进法院。两名法警把我送进一间昏暗的小屋子里。我们坐在门边上等着，门后传来一片说话声、叫唤声和挪动椅子的声音，所有这些喧嚣都让我想到那些街区里的节庆，音乐会之后，大家清理场地来跳舞。法警告诉我得等一会儿，其中一个还递给我一支烟，我拒绝了。过了一会儿，他问我“是不是感到害怕”，我说不害怕。甚至在某种意义上，看一场官司也让我感兴趣。我这辈子还从没有机会看过呢。“的确，”另一个法警说，“不过看多了也很累人。”

过了一会儿，大厅里一个小电铃响了。他们打开我的手铐，打开门，让我走到被告席上去。大厅里挤满了人。尽管挂着帘子，有些地方还是有阳光渗透进来，空气已经闷到让人窒息，窗户都关上了。我坐下，两个法警各站一边。这时候我发现一排面孔，在我面前，他们都在望着我：我明白了，这些是陪审员，但我说不上来这些面孔彼此之间有什么区别。我只有一个印象：我正在电车上，面对着一整排的旅客，他们盯着新上来的人，想看看有什么滑稽的地方。我知道这种想法很荒唐，因为在这里他们要找的不是滑稽的地方，而是罪。不过并没有太大的区别，反正我就是有这样的念头冒了出来。

那么多人挤在这间密闭的大厅里，也让我有点儿晕乎。我又看了看陪审团，还是一张脸也看不清。一开始我并没有料到大家都迫不及待地想看我——平时，没有人会关注我是谁，我需要费点儿劲才明白我是这一片骚动的起因。我对法警说："这么多人！"他回答我说这是报纸的缘故。说着，他指给我看坐在陪审员座位下面桌子边上的一群人，说："他们在那里。"我问："谁？"他说："报社的人呗。"他认识其中的一位记者，那人这时也看见了他，并且朝我们走来。这个男人已经有点儿年纪，脸上有点儿皱纹，看起来倒是挺和善的。他热情地握了握法警的手。这时候我注意到大家都在互相打招呼，互相交谈着，好像在俱乐部里碰到同一个圈子里的人那样高兴。我明白了为什么我刚才会有那么奇怪的感觉，我觉得自己像是个多余的人、是个擅自闯入的人。然而，那个记者微笑着和我说话了，他对我说希望我一切顺利。我谢过他，他又说："您知道，我们有点儿夸大了您的案子。夏季，对报业来说是个淡季，只有您的事和那宗弑父案还有点儿报道价值。"于是他指给我看他刚刚离开的那群人中的一个小个子男人，那人看起来像是只胖乎乎的鼬，戴着一副黑边大眼镜。他说那是巴黎一家报纸的特派记者。"不过，他不是为您来的。因为他来报道那宗弑父案，人家就要他把您的案子也一起发回去。"说到这里，我差点要感谢他，但我想这会非常可笑。他对我做了个亲切的手势，便离开我们了。我们又等了几分钟。

我的律师到了，他穿着长袍，周围还有许多同行。他朝记者们走去，和他们握了握手。他们打趣着，大笑，显得非常自如，直到法庭上响铃为止。大家都回到各自的位置。我的律师朝我走来，跟我握手，建议我回答问题要简洁，不要主动说话，剩下的就交给他了。

左边，有椅子挪动的声音，我看见一个身材高高瘦瘦的人，穿着红色衣服，戴着夹鼻眼镜，仔细地折起长袍坐了下来。这是检察官。执达员宣布开庭，与此同时，两个大电扇一齐嗡嗡作响起来。三个法官，两个穿着黑衣服，第三个穿着红衣服，夹着卷宗进来，快速地朝着俯瞰大厅的主席台走去。穿着红衣服的那人坐在中间的椅子上，把法官帽放在身前，用手帕擦了擦他那小小的秃头，宣布审讯开始。

记者们已经拿起了钢笔。他们都一脸冷漠，还带着点嘲讽的意味。然而，其中有一个，年轻得多，他穿着灰色法兰绒衣服，系着蓝色的领带，把笔放在面前，看着我。在那张不太对称的脸上，我只看见一双浅色的眼睛，正细细地端详着我，表情不可捉摸。我有一种奇怪的感觉，像是我自己在看着自己。可能就是因为这个原因，也因为我不知道这种场合的规矩，我对后来发生的事情都没怎么搞清楚，比如：法官的抽签，庭长向律师、检察官和陪审团的提问（每一次提问，陪审员的脑袋都同时转向法官），迅速地念起诉书（我听出了一些地名和人名），然后再向我的律师提问。

庭长说应该传讯证人了。执达员念了一些姓名，这引起了我的注意。在那一群我刚刚没看清的人中，我看见几个人一个个站起来，从旁门走出去，他们是养老院的院长和门房、老多玛·贝莱兹、雷蒙、马松、萨拉玛诺，还有玛丽，玛丽还焦虑不安地看了看我。我很震惊居然没有早点看到他们。这时候塞莱斯特终于听到他的名字，站了起来。在他身边，我认出了在饭馆里见过的那个小女人，穿着那件短外套，一副精确无误、坚定不移的神情。她紧紧地盯着我。但是我没有时间多考虑，因为庭长开始讲话了。他说真正的辩论就要开始了，他相信没必要再要求听众保持安静。在他看来，他的职责是不偏不倚地引导关于这个案子的辩论，他希望能够客观地对待这个案子。在任何情况下，陪审团应该本着公正的精神做出裁决，哪怕有一点点的意外事故，他都会把听众逐出法庭。

法庭里越来越热，我看见在座的人都拿出报纸扇了起来，法庭上响起一阵持续的皱纸声。主席做了个手势，执达员送来三把蒲扇，三位法官立刻使用起来。

审讯很快就开始了。庭长心平气和地向我提问，我感觉甚至他的语气中带着一些亲切感。不管我有多么厌烦，他还是让我自报家门，我觉得这也是无可厚非的，万一审判错了人，那可是非常严重的。然后，庭长又开始叙述我做过的事情，每读三句话就问我："是这样吗？"每一次，我都根据律师的指示回答道："是的，庭长先生。"这持续了很久，因为庭长的叙述中有很多细节。整个过程中，记者们一直在写。我感觉到他们中最年轻那个人的目光，还有那个小"机器女人"的目光。那一排电车板凳上的人都转向了庭长。庭长咳嗽了一声，翻翻材料，然后他一边扇着扇子，一边转向我。

他对我说他现在要提出几个看起来和我的案子没有关系的问题，但实际上，这些问题可能和我的案子紧密相关。我知道他又要说到妈妈了，我也感觉到这有多令我厌烦。他问我为什么把妈妈送去养老院。我说我没有钱请人看着她、照顾她。

他问我，就我个人而言，这一切是不是让我很难受，我回答说无论是妈妈，还是我，我们都不期待从对方身上得到什么，也不期望从任何人身上得到什么，我们俩都习惯了新的生活。于是，庭长说他并不想强调这一点，他问检察官还有没有别的问题要问我。

检察官朝我侧转了一点身，也不看我，说如果庭长允许，他想知道我是不是怀着杀死阿拉伯人的意图独自回到水泉那里的。“不是。”我说。“那么，你为什么带着武器，又单单回到那个地方去呢？”我说这是偶然。检察官以一种阴险的口吻说：“目前就是这些。”接下来的事儿就有点儿混乱了，至少对我来说是这样。但是在一阵秘密交谈之后，庭长宣布休庭，听取证词改在下午进行。

我没有时间思考。他们把我带走，装进囚车，送回监狱吃饭。很快，我刚刚感觉到累，就有人来传唤我了。一切又重来一遍：我被送到同一个大厅，面对同一批面孔，只是大厅里更热了，奇迹一般，法官们、检察官、我的律师和记者们每个人手上都多了一把蒲扇。那个年轻的记者和那个小女人还在那儿，但他们不扇扇子，只是默默地望着我。

我擦了擦淌在脸上的汗，直到我听见传唤养老院院长，这才稍微重新意识到自己所在的地方和我自己。他们问他，妈妈是不是埋怨我。他说是的，但是养老院里的老人埋怨亲人差不多是一种通病。庭长让他明确妈妈是不是怪我把她送进养老院，他又说了一次“是的”。但是这一次，他没有补充什么。对于另一个问题，他回答说他对我在下葬那天所表现出的冷静感到惊讶。庭长又问他，在他看来，这种冷静代表着什么。于是院长看了看他的鞋尖，说我不想看一看妈妈，我一次都没有哭，下葬后立刻就走了，没有在她坟前默哀。还有一件令他惊讶的事情就是：殡仪馆的人告诉他，我不知道妈妈的年龄。大厅里肃静了片刻，庭长问他是不是确定是在说我。院长没有听懂问题，他回答：“这是法律。”于是庭长问检察官还有没有问题要问证人，检察官大喊：“哦！没有了，这已经足够了。”他的声音如此洪亮，他用扬扬得意的目光望向我，那么多年来第一次，我有一种想哭的愚蠢冲动，因为我意识到所有这些人是多么憎恨我。

问过陪审团和我的律师还有没有问题之后，庭长听了门房的证词。门房和其他人一样，也重复了同样的仪式。他走到我跟前，看了我一眼，就别过脸去了。他回答了他们提出的问题，他说我不想见一见妈妈，我抽烟、睡觉，还喝了牛奶咖啡。我感到这时候有什么东西激怒了大厅里的人，第一次，我理解了——我是有罪的。他们让门房重复了一下牛奶咖啡和抽烟的事情。检察官看了看我，眼睛里闪着一种嘲讽的光亮。这时候，我的律师问门房有没有和我一起抽烟，可是检察官猛地站起来反对这个问题："这里谁是罪犯？这种试图污蔑证人来减弱证词的做法算什么高明！何况，证词并不会因此而减少其绝对的有效性！"尽管如此，庭长还是请门房回答这个问题。老头儿有点儿尴尬地说："我知道我也有错，但是当时我没敢拒绝先生递给我的香烟。"这时，门房用一种既惊讶又感激的神情看了看我。他迟疑了一下，然后说是他请我喝的牛奶咖啡。我的律师得意地叫了起来，说陪审团一定会重视这一点的。但是检察官的声音在我们头上响起，他说道："对，陪审团的先生们会重视的，而他们得出的结论将是，一个外人可以请喝咖啡，但一个儿子，面对着那个生了他的人的尸体，就应该拒绝。"门房回到了他的座位。

轮到多玛·贝莱兹，一个执达员把他扶到证人席上。贝莱兹说他主要是认识妈妈，至于我，他只见过一次，就是下葬那天。他们问他，那天我干了些什么，他回答道：“你们可以理解的，我自己那天太难过了，所以，我什么都没看见。痛苦让我什么都看不见了，因为对我来说，这是非常大的痛苦，我甚至都晕倒了。所以，我没法看见先生。”检察官问他，是不是至少看见过我哭，贝莱兹说没有。检察官又说：“陪审团会重视这一点的。”但是我的律师生气了，他以一种我觉得有些夸张的语气问贝莱兹，有没有看见我不哭。贝莱兹说：“没有。”一阵哄堂大笑。我的律师卷起一只袖子，以一种不容辩驳的语气说：“请看，这场官司就是这个样子。一切都是真的，但又没有什么是真的！”检察官脸上的表情让人捉摸不透，他用一支铅笔在档案材料的标题上戳着。

在暂停审讯的五分钟里，我的律师对我说一切都进行得再好不过了，然后他们听了塞莱斯特的辩护，他是由被告方传来的。所谓被告，当然就是我了。塞莱斯特不时地朝我这里看，手里玩着一顶巴拿马草帽。他穿着一身新套装，那是他有些礼拜天跟我一起去看赛马时穿的。但是我现在认为他那时没有戴硬领，因为他衬衫领口上只扣着一枚铜纽扣。他们问他我是不是他的顾客，他说：“是的，但也是一个朋友。”问他对我有什么看法，他说我是个男子汉；问他这是什么意思，他说谁都知道这是什么意思；问他有没有注意到我是个性格内向、沉默寡言的人，他只承认我不说废话。检察官问他我是不是按时付钱。塞莱斯特笑了，说：“这是我们之间的小事情。”他们又问他对我的罪行有什么看法，于是他把双手放在栏杆上，看得出来他是有所准备的。他说：“在我看来，这是一件不幸的事。一件不幸的事，大家都能理解，这种事会让你无法抗拒。就是这样！在我看来这是一件不幸的事。”他还要继续说，但庭长跟他说这很好，并且谢了他。塞莱斯特有点儿发愣，但是他说他还有话要说。他们让他长话短说，他又重复了一遍这是一件不幸的事。庭长说：“是啊，这是当然，但是我们在这儿就是为了审判这一类的不幸。谢谢您。”仿佛他已经竭尽所能地表现出了他的技巧和善意。塞莱斯特朝我转过身来，我看到他的眼睛闪闪发亮，嘴唇哆嗦着。他看上去像是在问我他还能做什么。我呢，我什么都没说，什么手势都没做，但我有生以来第一次想拥抱一个男人。庭长又一次命令他离开辩护席，塞莱斯特回到了旁听席上。在剩下的时间里，他一直待在那里，身子稍稍向前，双肘支在膝盖上，手里拿着草帽，听着大家说话。玛丽进来了。她戴着帽子，还是那么美，但是我更喜欢她披散着头发的样子。从我坐着的地方，我可以隐约看到她轻盈的乳房，我发现她的下嘴唇总是有点儿肿着。她好像很紧张。一上来，他们就问她从什么时候认识我的。她说是从她在我们公司工作的时候起。庭长想知道她和我是什么关系，她说我们是朋友。对于另一个问题，她回答说她的确是要和我结婚。检察官翻了翻一卷材料，问她是什么时候和我发生关系的。她说了个日子。检察官以一种漠然的口吻说，这好像是妈妈死后的第二天。接着他又以一种嘲讽的口气说他并不想强调一种微妙的处境，他很理解玛丽的顾虑，但是（这时候他的口气更强硬了），他的职责使他不得不超越礼仪习俗。于是，他要求玛丽讲一讲我和她发生关系那天的情况。玛丽不愿意说，但是在检察官的坚持下，她讲了我们游泳、看电影，然后回到我的住所。检察官说，根据玛丽在预审中所提供的情况，他查询了那一天的电影篇目。他又加了一句，要玛丽自己说那天放的是什么电影。玛丽用一种几乎是苍白的声音说，那天放的是一部费南代尔的电影。她说完的时候，大厅里鸦雀无声。这时候检察官站起来，神情非常严肃，伸出手指指着我，用一种在我听来极为激动的声音，一个字一个字慢慢地说道：“陪审员先生们，这个人在他母亲死去的第二天，就去游泳，就开始搞不正当关系，还在电影院看喜剧开怀大笑。至于别的，我就不用多说了。”他坐下了，大厅里还是一片寂静。可是，忽然间，玛丽大哭起来，说情况不是这样的，说还有别的事情，刚才那些是别人逼她讲的违心话，说她非常了解我，我没做过任何坏事。但是执达员在庭长的一个示意下，把她拖了出去，审讯继续。

接下去马松说话了，人们已经不怎么听了，他说我是个正直的人，“他甚至还要说，是个老实人”。等到萨拉玛诺，就更没有人听了。他追忆说我对他的狗很好，当问到关于我母亲和我的时候，他回答说我和妈妈无话可说，也是因为这样，我才把妈妈送进了养老院。“可以理解，可以理解啊。”萨拉玛诺说。但是似乎没有人理解。他被带出去了。

轮到雷蒙了，他是最后一个证人。雷蒙朝我点点头，立刻说我是无辜的。但是庭长说法庭要的不是判断，而是事实。他要雷蒙等着被提问，然后回答。他们要他明确和被害人的关系。雷蒙借机说被害人恨的是他，因为他羞辱了被害人的妹妹。但是庭长问他被害人是不是也有理由恨我，雷蒙说我到海滩上去完全是出于偶然。检察官问他悲剧根源的那封信怎么会出自我手，雷蒙回答说那是出于偶然。检察官反驳说偶然在这宗案子里对人的良心已经起了太多坏作用。他想知道，当雷蒙羞辱他的情妇时，我没有干涉，是不是也出于偶然；我到警察局去作证，是不是也出于偶然；我的证词完全是献殷勤，是不是也出于偶然。最后，他问雷蒙靠什么生活，雷蒙回答“仓库管理员”，但检察官朝着陪审团宣布，证人干的是拉皮条的污秽行当，而我是他的同谋和朋友。这本就是一件最荒淫无耻的事，由于牵扯到一个道德上的魔鬼而变得更加严重。雷蒙想自我辩护，我的律师也提出抗议，但是庭长要他们先让检察官说完。检察官说：“我没有太多要说的了。他是您的朋友吗？”他问雷蒙。“是的，”雷蒙回答，“这是我的一个朋友。”检察官又向我提出同一个问题，我看了看雷蒙，他也正看着我。我回答：“是。”检察官于是转向陪审团，说道：“还是这个人，在他母亲死后第二天就去干了件最荒淫无耻的勾当，为了一些毫无意义的理由就去杀人，只为了结一件伤风败俗的丑事。”

他坐下了。我的律师已经快没耐心了，他举起胳膊，长袍的袖子都落了下来，露出里面上了浆的衬衫上的条条褶皱，大声喊道："说到底，他到底是被控埋葬了他母亲还是被控杀了人？"听众一阵大笑。但检察官又站了起来，披上他的法袍，义正词严地说，需要有可敬的辩护人那样的天真质朴才能不感到这两件事之间有一种深刻的、悲壮的、本质的关联。"是的，"他用力地喊道，"我控告这个人，他怀着一颗杀人犯的心埋葬了一位母亲。"这个控告在听众那里似乎产生了很大的效果。我的律师耸了耸肩，擦了擦额头上的汗水，但他似乎也动摇了，我知道事态对我来说并不乐观。

审讯结束了。走出法院上车的时候，有一刹那，我又感觉到了夏天夜晚的气息和色彩。在这飞奔着的昏暗囚室里，我仿佛是从疲倦的深渊里，一点一点听到了那些熟悉的声音，它们来自这座我热爱过的城市，来自某些我曾感到满意的时刻。已经轻松起来的空气中，飘荡着卖报人的吆喝声、小公园里还未散去的鸟叫声、卖三明治的小贩的喊叫声、电车在城里急转弯时的呻吟声，还有港口上方黑夜降临前天空的嘈杂声，这一切又在我心中随性地勾画出一条我在入狱前非常熟悉的路线。

是的，这是我曾经感到满意的时刻，但已是很久以前了。那时候，等待我的总是轻盈而无梦的睡眠；然而有些事情已经发生了变化，我又回到了牢房，等待着第二天的到来。好像画在夏日天空中的熟悉的道路既能通向牢房，也能通向安宁的睡眠。

04

听见别人谈论自己总是很有意思的，即便是坐在被告席上听。在检察官和我的律师进行辩论时，我可以说大家对我的谈论是很多的，也许谈我比谈我的罪更多。不过，这些辩护词真的有那么大的区别吗？律师举起胳膊，说我有罪，但有可以宽恕的地方；检察官伸出双手，宣告我有罪，并且没有任何可以宽恕的借口。但是，有一件事让我隐约觉得尴尬。尽管我心里忧虑，但我偶尔也想加入进去说几句，但这种时候，我的律师就会对我说："您别说话，这对您更有利。"从某种程度上来说，他们在处理这件案子时，把我撇在了一边。这一切都在进展着，而我不能有任何干涉。我的命运被发落，完全不征求我的意见。时不时地，我想打断所有人的话，对他们说：“追根究底，谁才是被告？被告也是很重要的。我也有话要说！”但是想来想去，我也没什么要说的。况且，我得承认，人的兴趣点总不会持续太久的。比如，检察官的控诉很快就让我厌烦了。只有那些与全局无关的只言片语、一些手势和大段独白，还能使我震惊，或者引起我的兴趣。

如果我没有理解错的话，他从心底里就觉得我杀人是有预谋的。至少，他试图证明这一点。就像他自己所说：“先生们，我会提供证据，我将提出双重的证据。首先是光天化日之下的犯罪事实，接着还有这个罪恶灵魂在其精神状态驱使下，对我投出的隐晦目光。”他总结了妈妈死后的一系列事实。他强调了我的冷漠，不知道妈妈的年纪，第二天跟一个女人去游泳、看电影，而且还是费南代尔的片子，最后还带玛丽回家。这时候，我花了好久才搞明白他在说什么，因为他说“他的情妇”，而对我来说，那就是玛丽，不是什么情妇。接着，他谈到了雷蒙的事情。我发现他看事情倒还是很清晰的。他所说的，看起来倒头头是道。我和雷蒙合谋写信把他的情妇引出来，然后让一个“道德可疑”的男人去羞辱她。我在海滩上向雷蒙的仇人挑衅。雷蒙受伤了，我向他要来了手枪。我为了使用武器，又一个人回去。我按照预谋的，打死了阿拉伯人。我等了一会儿。为了“确保事情做干净了”，我又沉着地、坚定地开了四枪，从某种程度上来说，这是经过深思熟虑的。

“事情就是这样，先生们，”检察官说，“我把这一系列事件的线索为你们勾勒出来了，这一切，说明了这个人是如何在对情况有充分认知的前提下，杀了人。我强调这一点，因为这不是一宗普通的杀人案件，不是一个可以酌情轻判的、未经考虑的偶然事件。先生们，这个人，这个人是很聪明的。你们也听到他说的话了，不是吗？他知道如何回答问题。他深知言辞的分量。我们应该说，他充分地知道自己在干什么。”

我听着，我听见人们认为我聪明。但我不太明白，怎么平常人身上的一些优点，到了罪犯身上，就变成了无可推卸的罪名。至少，这让我感到惊讶，我不再听检察官说话，直到我又听见他说：“他有表示过悔恨吗？从来没有，先生们。在整个预审的过程中，这个人没有一次对自己犯下的可怕罪行表示过受到了触动。”这时候，他转向我，用手指指着我，继续对我横加指责，而事实上，我都不知道他为什么要这样。当然，我也不能不承认，他说得有道理：我并没有对我的行为有多少悔恨。但是他这样激烈的态度让我惊讶。我真想亲切地、甚至友爱地向他解释说我从来不会真正对什么事情感到后悔，我关心的总是今天或者明天即将发生的事情。但是，在我目前所处的境况下，我自然不能以这种口吻和任何人说话。我没有权利对人表现出友好，也没有权利拥有善意。我试着继续听下去，因为检察官说起我的灵魂来了。

他说，陪审员先生们，他曾经试图探索我的灵魂，但他一无所获。他说实际上，我根本就没有灵魂、没有人性，至于人们心中的道德原则，在我这里都是行不通的。“当然，”他又说，“我们也不能责备他。他不能得到的，我们也不能怪他没有。但是在法庭上，宽容这种美德是消极的，它应该转变为正义这种美德，这虽然没那么容易，却是更为高尚的。特别是，当这个人的心已经空虚到大家所见的程度，它正在变成一口深渊，整个社会都可能陷进去。”这时，他又说到我对待妈妈的态度。他重复了在辩论时说过的话，但是他的话要比谈到我的杀人罪时多得多，冗长得以至于到了最后，我只能感到这个早晨的炎热。最后，他停下了，沉默了一会儿后，他又用低沉的、坚决的声音说：“先生们，这个法庭明天将审判一宗穷凶极恶的罪行——弑父罪。”据他说，这种残忍的谋杀，超出人类想象。他斗胆希望人类的正义能够毫不留情地予以惩罚。但是，他敢说，这一罪行给他带来的憎恶，比起我的冷漠让他感到的憎恶来说，是相形见绌的。在他看来，一个在精神上杀死母亲的人和一个亲手杀死父亲的人，是要以同样的罪名退出人类社会的。在任何情况下，前者都是为后者的行动做准备的，它以某种方式预示了这种行为，并且使它合法化。“我相信，先生们，”他提高了嗓门说，“如果我说，坐在这板凳上的男人也犯了与这个法庭明天要审理的案件相同的罪，你们是不会觉得我的想法过于大胆的。因此，他要受到相应的惩罚。”说到这里，检察官擦了擦因出汗而发亮的脸。最后他说他的职责是痛苦的，但是他要坚定不移地完成它。他宣称说我和这个社会毫无关系，因为我蔑视它最根本的规则，而且我也不能指望这颗人类的心，因为我对它最基本的反应根本一无所知。“我向你们要这个人的脑袋，”他说，“而在我这样向你们请求时，我的心情是轻松的。在我这漫长的职业生涯中，有时也请求处死一个罪犯，但我从未像今天这样感到这艰难的职责得到了补偿、平衡和启发，因为我已经意识到一种迫切而神圣的命令，因为我在面对这张除了残忍别无其他的脸时，感觉到一种憎恶。”

检察官坐下了，大厅里寂静了许久。我呢，我已经由于酷暑和惊讶而头昏脑涨了。庭长咳嗽了几下，用极其低沉的声音问我还有什么要补充的。我站了起来，因为我很想说话，我就有点儿没头没脑地说，我不是有意要打死那个阿拉伯人的。庭长回答说这是肯定的，但是到现在为止，他还不太懂我的辩护模式，他说他很乐意在我的律师发言之前，先让我说清楚我的举动背后的动机。我说得很快，有点儿语无伦次，我意识到了自己的滑稽，因为我说是因为太阳。大厅里有人笑了起来。我的律师耸了耸肩，很快，他们就让他发言了。但是他说时候不早了，已经审了好几个小时了，他请求下午再审。法庭同意了。

下午，巨大的电扇不断搅动着大厅里厚重的空气，陪审员们手里五颜六色的小扇子都朝着一个方向摆动。我觉得我律师的辩护词大概永远也说不完了。有一阵子，我还是认真听了听，因为他正说道：“的确，我是杀了人。”接着，他继续用这种口吻，每次说到我的时候，他都说“我”。我很诧异。我侧身朝着一个法警，问他这是为什么。他叫我闭嘴，过了一会儿，他跟我说：“所有的律师都这么干。”我觉得这还是在把我排斥在事件之外，把我视作不存在，从某种意义上来说，他替代了我。但是我觉得我已经离这个审判庭很远了，再说，我觉得我的律师也很可笑。他很快以挑衅为由进行辩护，接着，他也开始谈起了我的灵魂。不过在我看来他远没有检察官有才华。“我也一样，”他说，“我也仔细探索了这个灵魂，但是和检察院的这位杰出代表恰恰相反，我发现了一些东西，而且我还可以说，我看得一目了然。”他看到我是个正派人，一个靠谱的职员，不知疲惫地忠于自己的雇主，受到大家的爱戴，对别人的痛苦感同身受。在他看来，我是个模范儿子，在能力范围内竭尽所能地赡养母亲，最后，因为我希望养老院能够给这位老妇人提供一种我自己给不了的舒适，我才把母亲送入了养老院。“先生们，我感到奇怪的是，”他又补充说，“大家对养老院议论纷纷。因为说到底，如果必须证明此类机构的用处和伟大，只需要说，那是国家资助的就行了。”只不过，他没有提到下葬的问题，我觉得这是他辩护词里的漏洞。但是由于这些长句，也因为他们一天又一天、一小时又一小时地谈论我的灵魂，我产生了一种印象，仿佛一切都变成了一摊没有颜色的水，看得我头晕眼花。

最后，我只记得，正当我的律师要继续发言时，一个卖冰激凌的小贩吹响了喇叭，响声从大街上穿射到大厅里和法庭上，最后传到我的耳畔。对于某种生活的记忆向我袭来，这种生活已经不再属于我，但我曾经在那里找到过我最简陋却最难以忘怀的快乐：夏天的气息、我热爱的街区、某一种夜空、玛丽的笑和连衣裙。我在这个地方一切的徒劳这时候都涌上我的喉头，我只迫切地想让一切结束，好让我赶紧回到牢房去睡觉。所以最后我的律师说了什么，我只听见一点点。他大吼着说陪审团是不会把一时糊涂的正直劳动者打发到死神那儿去的，他还要求考虑那些能够从轻发落的情况，因为我已经背负上了杀人的罪，这将是永远的悔恨，是最确定的刑罚。法庭中止了审讯，我的律师精疲力竭地坐下了。他的同事们都过来和他握手，我听到他们说："太棒了，亲爱的。"其中一个甚至来找我求证，他对我说："嗯？"我表示同意，但我的赞扬并不是真心的，因为我太累了。

然而，外面天色已晚，也不那么热了。从街上听到的一些声音，我可以猜到傍晚时分的惬意。我们都在那儿，等着。其实大家一起等着的事情，只和我一个人有关。我又看了看大厅，一切都和第一天一样。我的目光与那个穿灰上衣的记者和那个像机器人一样的女人的目光相遇了。这使我想起来，整个审判过程中，我都没有朝玛丽那边看一眼。我并没有忘记她，但我的事情太多了。我看见她坐在塞莱斯特和雷蒙之间，她朝我做了个小小的动作，像是在说："总算结束了。"我看见她有点儿焦虑的脸上泛起了微笑。但我感觉我的心已经与世隔绝，我甚至没有能够回应她的微笑。

法庭重新开审。很快，有人把一连串的问题念给他们听。我听见"杀人罪"……"预谋"……"酌情减轻"。陪审员们出去了，我被带进那间小屋子里，之前我也是在里面等候的。我的律师来找我，他口若悬河，并且用从未有过的自信和亲切对我说，他认为一切都会顺利的，我只须坐几年牢或者服几年苦役就没事了。我问他如果判决不利的话，有没有机会撤销原判。他说没有。他的策略是不提出当事人的陈述意见，以免引起陪审团的不满。他对我解释说，不能就这样无缘无故随便上诉。我觉得这是显而易见的，便同意了他的看法。其实，冷静下来看，这也是非常自然的。不然的话，就有太多公文废纸了。“无论如何，”我的律师说，“上诉是可以的，但我相信，审判结果会是有利的。”

我们等了很久，我想大概三刻钟之后，铃声响了。我的律师向我告别，他说：“庭长要宣读答复了。您要等到宣读判决的时候才能进去。”我听见门咯吱作响，一些人在楼梯上跑着，我听不出他们的远近。接着，我听见一个低沉的声音在大厅里读着什么。铃又响了，被告席的门开了，大厅里的寂静向我涌来，伴随着这种寂静的，是一种油然而生的奇特感觉，因为我注意到那个年轻的记者把眼睛转到了别处。我没有朝玛丽那边看。我没有时间，因为庭长用一种奇怪的方式对我说，要以法兰西人民的名义在一个广场上将我斩首示众。这时，我才感觉自己认清了在所有这些脸上读到的感情。我确信那是一种敬重。法警对我也温和了；律师把手放在我的手腕上；我什么也不想了。庭长问我还有什么话要说。我考虑了一下，说：“没有。”于是他们把我带走了。

05

我拒绝接待指导神父，这已经是第三次了。我跟他没什么可说的，我不想说话，很快我又会见到他。我现在感兴趣的，是想逃避不受我意志控制的进程，是想知道不可避免的事情能不能有一个出路。我又被换了牢房。在这个牢房里，我一躺下就看得见天空，但也只看得见天空。我整天整天地望着它脸上渐弱的光线由昼入夜。我躺着，双手枕在脑袋下面，等待着。我不知道多少次想过，以前有没有判了死刑的人逃过了那无可抗拒的命运，临刑前逃之夭夭，割断警方的绳索。于是我就怪自己以前没有对描写死刑的作品给予足够的关注。对于这些问题，一定要随时关注，谁也不知道会发生什么事情。像大家一样，我读过报纸上的报道，但一定有专门的著作，我却从来没有兴趣去翻翻。可能在那里面，我会发现关于逃跑的叙述。那我或许就会知道，至少有那么一次，绞架的滑轮突然停住了，或是在这种不可遏制的预谋中，仅仅那么一次，偶然和运气改变了一些东西。仅此一次！从某种意义上来说，我觉得这对我也就足够了，剩下的就交给我的心去管了。报纸上常常谈论对社会欠下债的问题。按他们的意思，欠了债就要还。不过，在想象中，这就无关紧要了。重要的，是逃跑的可能性，是一下跃出那不可避免的仪式，是发疯似的奔跑。奔跑，能给希望提供所有的机会。当然，所谓的希望，就是在马路的一角，在奔跑中，被一颗流弹打死。但是我想来想去，没什么东西能允许我有这样一种奢侈的享受，一切都禁止我，那超越意志的进程又抓住了我。

尽管我心怀善意，但还是不能接受这种咄咄逼人的确凿性。因为说到底，在构成这种确凿性的判决和这个判决被宣布之后不可逆转的进程之间，有一种可笑的不相称。这个判决是在二十点做出的，而如果是在十七点，它也可能完全是另一个结果。它是由一些换了衬衣的人做出的，它是要取得法国人民的信任的，而法国人（或者德国人，或者中国人）却是一个很不确切的概念，在我看来，这一切，使得这个决定很大程度上丧失了它的严肃性。然而，我不得不承认，从这个决定被做出的那一秒起，它的效用就和我身体所靠着的这堵墙的存在一样确实、一样可靠。

这时，我想起了妈妈告诉我的一个故事，是关于我父亲的。我没见过他。关于这个人，我所知道的所有确切的事，可能就是妈妈告诉我的那些事：他曾去看过处决一个杀人犯的过程。他一想到要去看杀人，就感到不舒服。但他还是去了，回来的时候，他差不多呕吐了一上午。我听了之后觉得我父亲有点儿令我恶心。现在，我明白了，那是很自然的。我当时怎么就没看出来，没什么事比执行死刑更重要了，总之，这是唯一一件真正能使人感兴趣的事情！如果我真的能从这座监狱出去，我一定去观看所有的处决。我觉得我不该想到这种可能性的。因为想到有那么一个早晨，我从警察的绳索后面得到了自由，再想到另一方面，我作为观众来看热闹，事后还要呕吐一番，一想到这些，就有一阵恶毒的喜悦涌上我心头。但这是不理智的。我不该让自己有这些想法，因为这么一想之后，我立刻感觉浑身冰冷，不得不蜷缩到被窝里，我的牙齿不自觉地打战。

但是，人当然也不能总是理智的。比方说，有几次，我就制订了一些法律草案。我改革了刑罚制度。我注意到，最根本的就是要给犯人一个机会。只要有千分之一的机会，就足以调解很多事情。所以，在我看来，应该发明一种化学药剂，服用之后可以有十分之九的机会杀死受刑者（我想的的确是：受刑者）。条件是，要让他事先知道。因为经过我反复琢磨，冷静思考后，我发现断头刀的缺点就是，没给任何机会，一点都没有。总之，受刑者是一劳永逸地死定了。那是一桩已经了结了的案子、一种已经选定了的手段、一项已经谈妥了的协议，没有再商量的余地了。如果万一，脑袋没有砍下来，那就得再砍一次。于是，令人郁闷的是，受刑的人得希望机器运转靠谱。我觉得这是它不完善的一面。从某种意义上来说，这是千真万确的；但是，从另一方面来看，我也得承认，一个完美安排的全部秘密就在于此。总之，受刑者不得不在精神上与之合作。他最好希望一切照计划运行，不要发生意外。

我还发现，直到如今，我对于这些问题有着一些并不那么正确的看法。我曾经长时间地以为——我也不知道为什么——上断头台，是要通过一级一级台阶，爬到架子上去的。我觉得这是一七八九年大革命的缘故，我是想说，因为关于这个断头台的问题，我所学到的、看到的，就是这样。但是，一个早晨，我想起了一张报纸上刊登过的照片，是关于一场引起轰动的处决。事实上，机器就放在平地上，再简单不过了。它比我想象的要窄很多。很奇怪，我竟然早先没有察觉到这一点。照片上的机器看起来精密、完善、闪闪发光，令我印象深刻。一个人对于他所不了解的东西，总会有一些夸张了的想法。事实上，我不得不说，一切都很简单：机器和朝它走过去的人，都在平地上。人走到机器跟前，就像碰到另一个人一样。这也很讨人厌。若是通过台阶登上断头台，就像升天一样，想象力也能得以飞升。而现在呢，不可逆转的进程压垮一切：一个人被处死，却没有引起什么人的注意，这种死，带着一点羞辱和极大的准确性。

还有两件事，也是我总在考虑的，那就是：黎明和我的上诉。事实上，我总是给自己讲道理，试图不去想它。我躺着，望着天空，努力使自己对天空产生兴趣。天空变成了绿色，傍晚降临了。我又加了一把劲，想转变一下思路。我听着自己的心，我不愿想象这种跟了我这么久的声音有朝一日会停止。我从未有过真正的想象力，但我还是试图想象出某个短暂的片刻，我心脏的跳动不再传到我的脑子里。但只是徒劳，黎明和我的上诉还在那里。最后我只能跟自己说，最通情达理的方式就是不要勉强自己。

他们总是在黎明时分来的，我知道。总之，我整夜整夜地等待着黎明。我从来不喜欢被逮个措手不及。如果有什么事要降临到我头上，我更喜欢清醒地存在于现场。这就是为什么到最后，我只在白天稍微睡一下，而在一个又一个的夜里，我耐心地等待着曙光把天窗照亮。最难熬的，是那个昏惑不明的时刻，我知道他们一般都是在那时候行动的。一过午夜，我就开始等待，开始窥伺。我的耳朵从来没有听到并分辨出那么多差异细微的声响。另外，应该说，这段时间里，我还算运气不错，因为我从来没听见过脚步声。妈妈以前常说，一个人总不会完全只有痛苦。当天空泛出色泽，新一天悄悄钻进我的牢房时，我觉得她说的真是有道理。当然还因为，我本该是要听到脚步声的，我的心本该紧张到炸裂的。哪怕是一点点最细微的移动声，也会使我扑到门口，甚至把耳朵贴在门板上，我发狂似的等待着，直到听到自己的呼吸声，嘶哑得像一条狗在喘气，我都被自己吓到了。但总之，我的心没有炸裂开来，我又赢得了二十四小时。

整个白天，我就考虑我的上诉。我觉得我已经充分利用了这个念头。我盘算着我的结局，我从这种思考中获得了最大的收益。我总是做最坏的设想：我的上诉被驳回。“那么，我就得去死。”比别人死得早，这是显而易见的。但是谁都知道，人生是不值得一过的。我不是不知道，三十岁死或者七十岁死，并没有什么区别，因为不论是哪种情况，别人都会继续活下去，这是自然而然的事情，几千年来都是这样。总之，没有什么比这更清楚了。反正总归是我去死，不论是现在，还是二十年后。这时候，我的推理中让我有些尴尬的，是我想到我还要活二十年时，内心感受到了一种可怕的激动。不过，如果我真要是想到二十年后我会有什么想法时，我只要把它压下去就是了。人既是要死的，那么，怎么个死法、什么时候死，这些都不重要，这是显而易见的。所以（困难的是不要忘记这个“所以”所代表着的一切推理），如果我的上诉被驳回，我也应该接受。

这时，只有到这时，我才可以说是有了权利，以某种方式来允许自己考虑第二种假设：我获得了特赦。这个假设中令人苦恼的是，必须将我血液和肉体的冲动控制得不那么狂热，不因为发狂的快乐而使我双眼灼痛。我必须竭力压制住这种呐喊，对它进行理智的思考。在这种假设中，我还要表现得一如平常，这样才能使自己更能接受第一种假设。一旦我成功做到了，我就能赢得一小时的安宁。这毕竟也不容易。

也是在一个这样的时刻，我又一次拒绝了接待神父。我正躺在那里，天空中某种金黄的色彩使人想到夏天傍晚的临近。我刚刚放弃了我的上诉，并且感到血液在我身体里正常地循环流动。我不需要见神父。很久以来，我第一次想到了玛丽。她已经好多天没给我写信了。那天晚上，我思来想去，我想她可能已经厌倦了当一个死刑犯的情妇；我也想到，她有可能是病了，或者死了。这都是合乎情理的。既然如今我们两具肉体已经分开，而这分开的肉体之外，也没有任何东西联系着我们，没有任何东西使我们彼此思念，我又怎么能知道呢？另外，也就是从这个时候开始，我对玛丽的回忆也变得无动于衷了。她死了，我也就不再去关心她了。我觉得这很正常，因为我很明白，我死以后，人们也会把我忘了。他们和我不再有什么瓜葛了。我甚至不能说这样想是残忍无情的。

就是在这个时候，神父进来了。我看到他之后，轻轻地颤抖了一下。他看出来了，对我说不要害怕。我对他说，平时他都不是这个时间点来的。他回答我说，这完全是一个友好访问，与我的上诉毫无关系，其实他对我的上诉也一无所知。他坐在我的床上，请我坐在他边上。我拒绝了。但我觉得他的态度还是很和蔼可亲的。

他坐了一会儿，胳膊放在膝盖上，低着头，看着他的双手。那双手细长而苍劲，让我想到两头灵巧的野兽。他双手紧挨着，慢慢搓着手掌，然后他就这样待着，一直低着头。我感觉他坐了好久，有那么一瞬间，我甚至忘了他在那儿了。

但是他突然抬起头来，眼睛盯着我的脸，他问我："您为什么拒绝接待我？"我回答说，我不相信上帝。他想知道我是不是确定，我说我用不着问自己这个问题，我觉得这个问题并不重要。他于是把身子朝后一仰，靠在墙上，两手贴在大腿上。他说，他注意到有时候一个人自以为有把握，但事实上并没有。他看起来甚至都不是在对我说话。我没吭声。他看了看我，问道："您怎么看呢？"我回答说那是可能的，无论如何，我可能不确定什么是我真正感兴趣的事情，但我非常确定什么是我不感兴趣的事情。而他跟我说的事情，恰恰是我不感兴趣的。

他不看我了，但依然保持着原来的姿势，问我这样说话是不是因为极度的绝望。我对他解释说我并不绝望，我只是害怕，这是很自然的。"那么上帝会帮助您的。"他说，"所有我认识的和您情况相同的人，最后都皈依了他。"我承认那是他们的权利。这也证明了他们还有时间。至于我，我不想要别人帮助我，而且我也没有时间去对我不感兴趣的事情再发生兴趣了。

这时候，他气得两手发抖，但是他很快挺直了身子，整理了一下袍子上的褶皱。整理完之后，他称呼我为"我的朋友"，对我说，他这样和我说话不是因为我是个被判了死刑的人。在他看来，我们所有人都是被判了死刑的。但是我打断了他，我说这不是一回事儿，再说，无论如何，这都不是一种安慰。"当然了，"他也同意了我的说法，"但是就算您今天不死，以后也是要死的，那时候您就会遇到同样的问题，您将如何接受这个可怕的考验呢？”我回答说，我现在怎么接受它，到时候也会是怎么接受它的。

听到这话，他站了起来，两眼直直地盯着我的眼睛。这个伎俩我很熟悉，我常常和埃马努埃尔或者塞莱斯特这样闹着玩，一般说来，他们最后都移开了目光。我立刻就明白了神父也很熟悉这伎俩，因为他的目光非常笃定。他的声音也不颤抖，他对我说：“所以您就一点都不怀有希望了吗？您就这样一边活着，一边想着您将彻底地死去吗？”我回答说：“是的。”

于是，他低下了头，又坐了下来。他说他怜悯我，他认为这对一个活着的人来说，是不可承受的；而我，我只是感到他开始让我厌烦了。这回轮到我转过身去，走到天窗底下，我用一个肩膀靠着墙。我听到他又开始询问我了，我有意无意地听着。他的声音听起来焦虑又急切。我知道他是动了感情，于是我听得认真了些。

他说他确信我的上诉会被接受，但是我背负着一桩我应该摆脱的罪孽。据他说，人类的正义并不算什么，上帝的正义才是一切。我说正是前者判了我死刑。他说我的罪孽并没有因此被洗刷掉。我对他说我并不知道什么是罪孽，他们只告诉我，我是个犯人。我是个犯人，我为此付出代价，除此之外，不该再对我有更多的要求了。这时，他又站了起来，我想在这样一间狭窄的囚室里，他要是想活动活动，也没有别的选择了。要么坐下，要么站起来，只能这样了。

我两眼盯着地面。他朝我走了一步，停下，好像不敢再往前走一样。他透过一条条铁栅栏望向天空。“您错了，我的儿子，”他对我说，“我们可以向您要求更多。或许，我将向您提出这样的要求。”“所以，是什么要求呢？”“我想要求您看。”“看什么？”

牧师四下望了望，我突然发现他的声音特别疲惫，他回答说：“所有这些石头都渗透着痛苦，我知道。我每一次看到它们，心中都充满着忧虑。但我心底知道，你们当中最苦痛的人，就从这些晦暗的石头中看见过一张神圣的面容浮现出来。我想要求您看的，就是这张面容。”

我有点儿激动了。我说我看着这些墙壁已经好几个月了，我对它们，比我对世上任何东西、任何人都要熟悉。也许，很久以前，我曾在那上面寻找过一张脸，但是那张脸上有着太阳的颜色和欲望的火焰：那是玛丽的面容。但我也只是白费力气，因为我没有找到。现在，都结束了。总而言之，从这些渗透着什么的石头上，我没看见有什么东西浮现出来。

神父带着一种悲伤的神情看了看我。我现在全身靠在墙上，阳光流泻在我的额头。他说了句什么，我没听清，然后他很快地问我是否允许他拥抱我。“不。”我回答。他转身，朝墙走去，慢慢地把手放在墙上：“您就这么爱这个世界吗？”我没有回答。

他就这样背着我站了很久。他待在这里，让我觉得很压抑，也很烦躁。我正要让他走，让他别管我，他却突然转身，对着我大声说道：“不，我不能相信您的话。我确信您曾经渴望过另一种生活。”我回答他那是当然，但那并不比盼望成为富人、盼望游泳游得更快或者有一张更好看的嘴来得更为重要。那都是一回事。但是他拦住了我，他想知道那是怎样的另一种生活。于是，我就朝他喊道：“一种能让我回忆现在这种生活的生活！”说完，我立刻跟他说我受够了。他还想和我说说上帝，但我朝他走去，我试图跟他最后解释一遍我所剩下的时间不多了，我不愿把它浪费在上帝身上。他试图改变话题，问我为什么称他为“先生”，而不是“我的父亲”。这可把我惹火了，我回答他，他不是我的父亲，就让他去做别人的父亲吧。

他一只手放在我的肩膀上说：“不，我的儿子，我和您同在。但是您不能明白，因为您的心被蒙蔽了。我为您祈祷。”

我不知道为什么，这时候，好像什么东西在我体内爆裂了，我扯着喉咙大喊，我辱骂他，我叫他不要为我祈祷。我揪住他长袍的领子，把我心底喜怒夹杂的悸动一股脑儿地浇注到他身上。他的神情不是如此地确定吗？然而他所有的确定，还抵不上女人的一根头发。他甚至连自己是不是活着都不能确信，因为他活着就如同死了一样；而我，我看起来是两手空空，但我对自己是确信的，我对一切都是确信的，比他确信，对我自己的生命和这即将到来的死亡都是确信的。是的，我有的，也不过是这种确信。但是至少，我抓住了这个真理，正如这个真理抓住了我一样。我以前是有理的，我现在依然有理，我永远都是有理的。我曾经以某种方式生活过，我本也可能以另一种方式生活。我曾经干过某件事，我没有干过另一件事。

那么，之后呢？好像我一直等待着的，就是这一分钟，就是这样一个黎明，我被证明是清白的。没有，没有什么是重要的，我很清楚为什么。他也清楚是为什么。在我所度过的整个荒诞的人生中，从我未来的深处，一股昏暗的气息穿越尚未到来的岁月向我扑来，这股气息一路袭来，使别人向我建议的一切都变得毫无差别，未来的岁月并不比我已经度过的岁月更真实。既然只有一种命运选中了我，而成千上万和他一样的幸运儿却自称是我的兄弟，那么他人的死亡、对于一位母亲的爱，和我又有什么关系？他所说的上帝、他们选择的生活、他们选中的命运，和我又有什么关系？他懂？他懂吗？大家都是幸运儿。这世上只有幸运儿。其他人也一样，有一天他们也要被判刑。他也一样，他也会被判刑。被控杀人，只因为在母亲下葬时没有哭泣而被处决，这又有什么要紧呢？萨拉玛诺的狗和他的老婆同样重要。那个机器人一般的小女人、马松的巴黎小女人，或者想和我结婚的玛丽，一样都有罪。雷蒙是不是我朋友，塞莱斯特是不是比他更好，又有什么要紧呢？玛丽今天把嘴唇伸向一个新的默尔索，又有什么要紧呢？他能懂吗？这个被判了刑的人，从我未来的深处……喊出了这一切，我感到窒息。但是已经有人把神父从我手里抢过去，看守们威胁我，而神父却要他们平静下来，他静静地看了我片刻，眼里噙满了泪水。他转过身去，走了。

他走以后，我恢复了平静。我精疲力竭，一下子扑倒在床上。我觉得我是睡着了，因为醒来的时候，我发现漫天的星斗照在我的脸上，田野上的声响传到我的耳畔。夜晚的气味、泥土的气味，还有盐的气味，给我的太阳穴带来阵阵清凉。夏天睡着了，它那美妙的安宁宛若一阵潮水，涌入我的身体。此刻，长夜将尽，汽笛声鸣响起来，它们宣告着这个世上的一次次启程，而这个世界，已经永远地，与我无关了。长久以来第一次，我想起了妈妈。我感觉自己理解了，为什么她要在晚年找一个“未婚夫”，为什么她玩起了“从头来过”的游戏。那边，那边也一样，养老院里，一个个生命行将消逝，而那四周包裹着它的黑夜，如同一场忧伤的间歇。如此接近死亡的时刻，妈妈也该感到解脱，并准备好把一切从头来过了。没有人，没有人有权利为她哭泣。我也一样，我也感到准备好，把一切从头来过。好像这场勃然的怒火净除了我精神上的痛苦，也清空了我的希望，面对这样一个充满启示与星斗的夜，我第一次向这个世界温柔的冷漠敞开了胸怀。我体验到这个世界和我如此相像，终究是如此友爱，我觉得我曾是幸福的，现在依然是幸福的。为了让一切有个了结，为了使我不感到那么孤独，我还是希望我被处决的那天有很多人来观看，希望他们用仇恨的喊声来欢迎我。

《局外人》后记[1]

1　加缪《局外人》1956年美国大学版的序言，现作为《局外人》的后记出版。

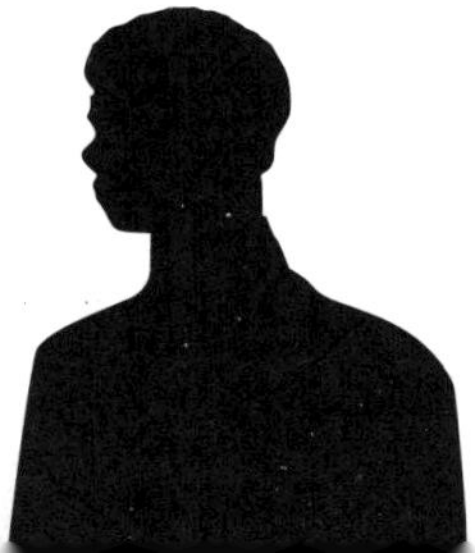

很久以前，我用一句话概括了《局外人》，并且，我意识到这句话是如此的荒谬：“在我们的社会里，任何不在他母亲葬礼上哭泣的人，都有可能被处以死刑。”我只是想说，这本书的主人公之所以被判刑，是因为他不参与这个社会设定的游戏。从这个意义上来说，他就是这个社会的局外人：徘徊在社会边缘，游荡在生命边缘，孤独而充满肉欲。因为这个原因，一些读者试图把他理解为一个被社会抛弃的人。但是要更准确地把握他的性格，或者说把握他的作者想要创造的那个性格，你必须要问问自己，默尔索是以怎样的方式抵抗这种游戏的。答案很简单：他拒绝撒谎。撒谎不仅仅是说假话。事实上，尤其是当你说的不仅是真相的时候，你就在撒谎。在人心灵的层面上，说出的内容比内心感受到的更多，就是撒谎。为了让生活简单一点，我们每天都这么做。然而，默尔索并不想让生活简单一点，虽然他看上去恰恰相反。他怎么想的就怎么说，他拒绝掩饰自己的感觉，于是社会立马就感觉受到了威胁。比如说，总是有人想让他承认，他为自己的罪行悔恨。他的回答却是，与其说是真的感到悔恨，不如说是觉得厌烦。就是由于这个差异，他被治罪了。

所以对我来说，默尔索不是一个被社会抛弃的人，而是一个可怜的、赤裸裸的人，他所热爱的，是如昼日般绝对的光明，甚至不为阴影留一点点余地。他不是没有感觉的人，他的内心被一股坚韧不折而意蕴深厚的激情驱使，驱使他追求一种“绝对”和“真实”。这个真实虽然只是从生活和感觉中衍生而来的消极真实，但是没有它，人类不可能战胜自我，也不可能战胜外部世界。

所以读者大致可以认为，《局外人》讲述的是一个毫无英雄主义的自命不凡、只是愿意为真实赴死的男人的故事。我也曾经说过——当然听起来又是非常荒谬的：“我想要塑造的主人公，是我们的救世主该有的唯一的模样。”解释了那么多以后，我想大家会理解，我所说的话并没有任何渎神的意思，我只是想说，一个艺术家有权对自己创造的角色心怀一种稍显讽刺的情感。

阿尔贝·加缪

1955年1月8日

（金祎 译）

导读：作为起点的《局外人》

张 博

（法国巴黎索邦大学文学博士，主要从事20世纪法国文学研究）

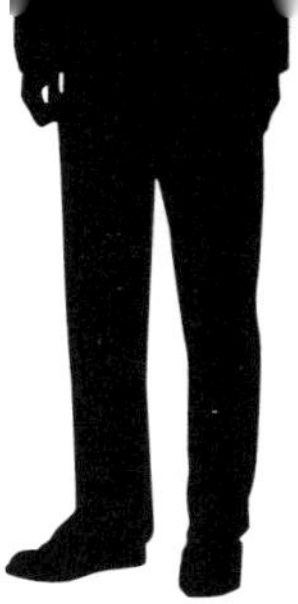

确认生命中的荒诞感绝不可能是一个终点，而恰恰是一个开始。[1]——加缪

出版于1942年的《局外人》，早已是当之无愧的二十世纪文学经典，论其读者、译本数量在世界文学经典中都首屈一指，其文学和文化影响力早已超越了一时、一国、一语。而在中国，早在1961年便有孟安先生的译本问世并小范围传播，并

1　除引用自《局外人》及其“美国大学版序言”的部分，本文中加缪作品引文（包括笔记、演讲、散文、书评）均由导读作者直接译自法国伽利马出版社2006年新版《加缪全集》，在行文中不再另行标注。具体版本信息如下：Albert Camus, Œuvres complètes, tome I, Édition publiée sous la direction de Jacqueline Lévi-Valensi avec la collaboration d'André Abbou, Zedjiga Abdelkrim, Marie-Louise Audin, Raymond Gay-Crosier, Samantha Novello, Pierre-Louis Rey, Philippe Vanney, David H. Walker et Maurice Weyembergh, Paris : Gallimard, 2006

经过八九十年代柳鸣九先生与郭宏安先生的再次译介在汉语世界广泛流传，其小说意涵在中文读者中引发了持续性的广泛探讨，更成为了现代小说的经典范例。

在《局外人》中，加缪塑造了一个典范性的现代人形象：默尔索。这位把“我怎么都行”挂在嘴边的小说主人公，对一切社会规范都显得无动于衷、置身事外，同时又以一种近乎魔鬼般冷峻的目光静观世人，甚至在自己的审判大会上也仿若一名看客，却又在诸多隐秘的瞬间表露着对世界的亲和，沉浸于其生活的当下性之中。这部简短的小说，总计不过两部十一节，却在极其精简的笔墨之间隐下无穷伏笔，使得对于《局外人》的解读呈现出近乎无穷的丰富性。1957年，当加缪回顾自己的创作生涯时他说道：“当我开始创作时我曾有过一个明确的计划，我想首先表现否定性（这个字眼有时用来指涉荒诞）。以三种形式，小说的——《局外人》、戏剧的——《卡里古拉》和《误会》、思想性的——《西西弗斯神话》。如果我对此从未有所经历，那么我根本无法将其谈及；我没有任何想象……我知道人们不能在否定性中生活，而我早已在《西西弗斯神话》的序言中对这一点作出了宣告；我依然是用三种形式对肯定性（反抗）作出了预示，小说的——《鼠疫》、戏剧的——《戒严》和《正义者》、思想性的——《反抗者》。我已经隐约瞥见第三个层次，围绕着‘爱’的主题。这是我正在构思中的计划。”类似的提法在加缪的笔记与言论中反复出现，我们有理由相信它并非简单的事后追认。《局外人》作为加缪“荒诞系列”中的核心作品，是其日后庞大创作构架的基石和起点，也是我们理解加缪思想演变的关键。下面，我们将借助加缪的诸多笔记与散文以及《局外人》本身的线索，对这部作品进行细读与分析。

《局外人》的诞生

1913年11月7日，阿尔贝·加缪出生于阿尔及利亚君士坦丁省小城蒙多维。1914年7月14日，由于疟疾肆虐，其父吕西安·加缪举家迁回阿尔及尔。8月2日，第一次世界大战爆发，吕西安应征入伍，同年8月24日于马恩河战役中头部中弹负伤，10月死于法国北部滨海小城圣布里厄。伴随着父亲的去世，母亲不得不带着出生不久的加缪搬至阿尔及尔郊区的贫民窟库尔贝尔，与严厉的外祖母及残疾的舅舅共同生活。在一个文盲家庭中，虽然幼小的加缪时常能从母亲充满爱意的沉默中感到一种无言的温暖，但却不得不忍受双重的贫穷：既缺少物质收入，更没有任何书籍可供阅读。加缪便在这样一个文学彻底缺席的环境中成长了起来，但却并未因此落入平庸的泥沼。童年的贫苦没有折损他生活的热情，因为他发现了无价的财富——与他相伴的星空、大海与阳光。正如他自己所说：“我生于贫困，但在幸福的天空下，在大自然中，我与之感到一份融洽，而绝非敌意。我的生命因此并非始于痛苦，而是始于圆满。”而与此同时，1930年一场险些使他致死的肺病让他对死亡有了深切的体悟；1934年他与第一任妻子西蒙娜·伊耶迅速失败的婚姻令他感到人与人之间信任的脆弱；他本人的家庭出身和青年时代在阿尔及利亚从事记者工作的经历，更让他对社会底层惨烈的生存状态有了清晰的认知；而他在求学时代对陀思妥耶夫斯基、马尔罗和萨特作品的阅读，则使他在文学与哲学层面获得了关于生命之残酷与荒诞的范例。凡此种种，使他在创作起步阶段便对荒诞产生了多角度的理解。正如他在1937

年出版的人生中第一本著作《反与正》中说的：“有两件事对我极为珍贵，我也难以将它们分离：我对光明与生命的热爱，以及试图描述绝望经历的隐秘执念。”这也许便是《局外人》动笔的契机。同年，在24岁的加缪写下的诸多笔记中，我们可以读到以下这些片段：

4月

故事——一个不愿意自我辩解的人。人们对他产生的看法更受他青睐。他死去时，唯有他始终意识到自身的真相——这种慰藉何其空虚。

6月

死刑犯每天有神父探望。由于那被割断的喉咙，那蜷曲的膝盖，那试图令一个名讳成型的双唇，那被推向地面的疯狂，这一切都是为了使自己隐藏在“我的上帝，我的上帝”之中。

而每一次，这个人都反抗着，他不愿接受这种便利，他要咀嚼他全部的恐惧。他一言不发地死去，眼中满含泪水。

8月

一个人曾在人们通常安置人生（婚姻、处境等等）之处寻找他的生活，他在阅读一本时尚图册时突然间意识到，他对他的生活（亦即那种在时尚图册中被设想的生活）是何其陌生。

第一部分：他直到此时的生活。

第二部分：游戏。

第三部分：对妥协的扬弃和自然中的真理。

这三条笔记是加缪在开始构思《局外人》时写下的最初随想，分别代表了三种不同面向。在4月的笔记中，加缪萌发了书写一个“故事”的意愿。故事的主人公似乎是一个冷漠的人，因为他“不愿意自我辩解”，他觉得这样做毫无必要；他又似乎是一个被动的人，因为他乐于按照“人们对他产生的看法”而非他自己所坚持的看法去定义自我；最后他又似乎是一个勇敢的人，因为他始终独自守护着属于他自己的“真相”，将这一“真相”贯彻到底。这些表面上看似矛盾的性格在经过变形之后几乎都出现在了默尔索身上。而6月的笔记，则是一个死刑犯人临刑前的具体细节，它不但将会在《局外人》第二部第五节中得到充分的发挥，更是小说的中心主题之一：拒绝彼岸与来世，坚持立足于此时此刻此生此地。这一基本的价值立场将在《局外人》中得到继承。8月的笔记，则是一个相对清晰的提纲，其中“游戏”一词所指代的是人在社会上生活需要履行的游戏规则，人应该如何参与这场游戏，又或者如何退出游戏，这一问题已经在加缪脑海中形成。在这则笔记中，加缪使用了“étranger（陌生）”一词，与日后小说的标题（L'Étranger）中的étranger是同一个词，只是在这里使用了法语中的形容词意义。这个人物一方面在寻找着他真正的生活，另一方面又猛然发现他只是附着于其生活表层甚至置身于其外，他每天所经历的生活对于他“是何其陌生”。在这个瞬间，他对于其荒诞的处境产生了明确意识。这也是加缪本人当时拥有的体会。他在1940年3月的一则笔记中写道：

这突然的觉醒意味着什么——在这昏暗的房中——伴随着一个猛然间无比陌生的（étrangère）城市的种种噪声？一切对我而言都是陌生的（étranger），一切，没有一个生灵属于我，没有一个地方能缝合这伤口。我在这里做些什么，这些姿势与笑容有什么意义？我不属于这里——也不属于别处。此后世界仅仅是一片未知的风景，在那里我的心再也无法找到依托。陌生的（étranger），谁能知晓这词究竟是何意味。

陌生的（étranger），承认一切对我而言都是陌生的（étranger）。

现在一切是明确的，在等待着并且毫不姑息。至少去以同时补全安静与创造的方式工作。剩下的一切，剩下的一切，不管发生什么，都无足轻重。

这一则笔记充分表明加缪本人对于局外人隔阂感的体认。他清楚地知道，一个人会距离其生活何其遥远。对他本人而言，出路在于创作。而正如尼采所谓“人是一种需要被克服的东西”一样，加缪此后全部的创作，都充分说明了他如何去克服这种“陌生”，去抵达生活的本真，获得可堪检验的幸福。《局外人》中默尔索的相关体验，便来自于加缪本人，我们不能因为小说的虚构性而完全把作家本人的经验排除在外，但也不能简单地把默尔索与加缪画上等号，因为加缪比他笔下的人物走得更远。许多心理学家把默尔索看作加缪的一次自我诊断，这一论点并非无稽之谈。回到1937年8月的笔记，按照这一提纲的规划，在意识到生活的“陌生”之后，将引发两个结论：拒绝妥协与融入自然。《局外人》看似用了更多的笔墨处理前者，只在零星处对后者加以叙述，其实却分别构成了《局外人》的明线与暗线。用加缪去世后第一套伽利马《七星文库全集》的编注者罗杰·基里约的话说，加缪在世时曾亲口对其承认，8月的这条笔记奠定了日后《局外人》的基本主题。此后三年中，加缪逐渐对小说加以扩充、修改并完善，最终于1940年5月完成了全文的书写。他在当月的笔记中写道：“《局外人》完成了。”小说完成的时间点虽然恰好是德军准备发动西方战役入侵荷比卢法的时间，但法国于1939年9月3日对德宣战之后，便一直在西线进行着静坐战，使得法国本土并没有强烈的战争气氛，加缪这段时间的笔记也几乎不涉及战争。所以，《局外人》从本质上是一本二战以前写成的作品，我们不能把这部小说看作是战乱时代的缩影，把默尔索的冷漠归结于社会动荡或百姓流离导致的悲观与茫然，这是一种误读；《局外人》的背景完全无关乎战争，却又在法国沦陷的1942年出版，这一点甚至使《局外人》在问世时一度受到法国批评家的攻讦，认为亡国背景下默尔索的存在坐实了一种卖国贼般的妥协和不作为，这又是一种误读。事实上，在加缪的著作中并不缺少历史车轮的痕迹，例如真正影射二战法国沦陷区生活的《鼠疫》与《戒严》，以及以阿尔及利亚战争为背景的《流亡与王国》与《第一个人》。而《局外人》所设定的情境，恰恰是最普通平凡的日常生活，亦即我们每个人在生命中都必将经历的平淡到近乎平庸的日常生活。这也是为何加缪在谈到《局外人》时会说，这部小说与其说是“写实的”，不如说是“象征的”，因为默尔索是对我们每一个人生活的隐喻，这种以寻常历史时期为背景的框架使其可以轻易地与遥远时空之外的读者对话并令其代入自我。也正是这一以日常生活为背景的布置，愈发使得“荒诞”显得如此避无可避，因为它无需特定的历史时机激发，而是无声无息却又无所不在地笼罩着我们的生活，让我们无处奔逃。正是面对着这种普遍性的处境，加缪试图向我们讲述，在这个上帝死了、最高价值自行贬黜的时代，人之为人是否依然可能。

《局外人》的意涵

当我们谈论《局外人》的主题、谈论其主人公默尔索的生活态度时，无论将其认定为懦夫或英雄、沉沦之人或理性之人，幸福或不幸，一个根本性的概念是绕不过去的，这就是“荒诞”。纵观《局外人》全书，“荒诞（absurd）”一词只在小说结尾处直接出现过一次：

> 在我所度过的整个荒诞的人生中，从我未来的深处，一股昏暗的气息穿越尚未到来的岁月向我扑来，这股气息一路袭来，使别人向我建议的一切都变得毫无差别，未来的岁月并不比我已经度过的岁月更真实。

这段话出现在全文的倒数第二段，发生在默尔索死刑前夜，是他和神父发生激烈争吵时的联想。所以，虽然“荒诞”一词仅仅在此出现，他所谓“我所度过的整个荒诞的人生中”，却涵盖了小说从开篇至此的所有时间。默尔索对此有所意识，甚至他一开始就已有所知。整部《局外人》都在向读者呈现这一“荒诞的人生”的本相，比如机械的生活、琐屑的人生、看似激昂实则空洞的审判等。“荒诞”深入《局外人》外部世界的每一个局部，涉及小说每一处细节。例如在第一部第五节开头，默尔索在塞莱斯特饭馆吃饭时看见的一个“奇怪的小女人”，她就餐前后焦躁而忙碌的动作全是由习惯控制的机械行为，掩饰着灵魂的苍白空虚，她通过这种忙碌伪装人生的意义。这个女人是荒诞的，但也是寻常的，是日常生活中一个标准意义上的“正常人”，但在默尔索眼中，她“奇怪”。默尔索发现了这些看似最正常的日常行为中的不正常，因此竭力与之保持距离。他主动脱离了这个群体，在冷眼旁观中全面解构了日常生活的惯性，打碎了一切似是而非、语焉不详的概念，从而冲破了它们的束缚。用加缪在他为美版《局外人》所作序言中的话说：“他不参与游戏……他徘徊在社会边缘……他拒绝撒谎。”人已经在无意识中遭到社会彻底的规训，而默尔索恰恰发现了这一规训的存在：世人在母亲的葬礼上出于规范一定要哭泣，至少要表现出哭的样子，这在默尔索看来是荒诞的，他拒绝这样的形式。加缪曾经把《局外人》的主题概括为一句话：“在我们的社会里，任何不在母亲葬礼上哭泣的人，都有可能被处以死刑。”这其中的逻辑便在于：他不遵守社会的游戏规则，因而是整个规则体系的破坏者，所以必须将其消灭。但默尔索认识到这种游戏规则并没有先验的合理性，在此之上构筑的系统是荒诞的。于是他清醒了，在主动脱离这一世界的过程中包含着一种积极性。这种清醒，在加缪看来，是绝对必要的，虽然“这依然是一种否定性的真相，但缺少了它，任何对自我与世界的征服都将绝不可能”。所以，从这个角度看，这个游离于社会常规之外的默尔索是一位英雄。

但伴随着这一清醒，默尔索身上产生了第二个结果：虚无。默尔索对生活的态度是怎么都行，他的口头禅是“我怎么都行”。就像小说里所写：“我回答说，我们从来不能改变生活，无论如何，生活都是一样的，我在这儿的生活也不会令我不高兴。”这就使得默尔索在以其积极性脱离了这个看似正常的荒诞世界之后，又开始变得消极，开始满足于这一距离感，并因此导致生命力的停滞，于是走向了另一种形式的混沌。他看到了生活的荒诞，继而认为，在一个荒诞的世界中，一切看似有意义的事物其实并没有意义，因此无须试图使它们显得有意义；同时改变也无任何意义，因为一切都是荒诞的，重要的是把这些虚假的东西统统打碎并与它们保持距离。因此，默尔索“局外人”的生存状态，是洞察与虚无、积极与消极的混合体。最能表现这一点的便是他对爱情的态度，当玛丽问他是否愿意娶她时，他说“我怎么都行”。“婚姻”“爱情”这些在正常人中被滥用的词汇在默尔索看来早已空洞化，其实仅仅是一种常规。所以默尔索认为它们没有意义，也就不值得认真对待。然而，当默尔索对“爱情”的常规概念表达厌弃之时，他却也在放弃“爱情”真正的情感核心。小说中写道：“比如，我被对女人的欲望折磨。这很自然，毕竟我还年轻。我并没有特别想到玛丽，但我总是想女人，随便哪一个女人，想到那些我过去认识的女人，那些我曾经爱过她们的各种各样的场合，最后我的牢房里充斥着女人的面孔和我膨胀的欲望。”一个男人与一个女人之间独特具体的情感消失了，只剩下简单化的肉欲，玛丽成为了一个可以被任意替换的人。默尔索他不仅解构了“爱情”中包含的社会常规，也同时放弃了“爱情”中人与人的真情实感。这导致了精神空间的坍塌。所以，当默尔索面对玛丽时，除了肉体宣泄，他无法有效地表达他的情感，即使玛丽去探监时，默尔索也只能在她面前语焉不详地期期艾艾。

“我觉得她很美，但我不知道怎么和她说这件事。”这恰恰说明默尔索在完成对日常观念的消解之后无法重新塑造生活，他的冷漠因此导致虚无。莫里斯·布朗肖评论道：“他（默尔索）内心深处的感觉方式，其实是拒绝感觉；他的感觉方式在任何可表达的感觉方式之外，并促使他拒绝接受不纯粹的、虚假的、与社会习惯及日常生活相一致的形式。”[1]默尔索的“拒绝感觉”导致他无法重新与生活建立切实的联系。在洞察与虚无、积极与消极之间，后者占据了优势。当默尔索远离荒诞世界之后，他在重新接近世界时感到了一种困难，而他并不愿意努力解决问题。默尔索的生命因此停留在了破坏之后的荒原状态，他也并没有强烈的生命意志使自己重新生长。在他身上，虚无最终占据了上风。默尔索缺乏强劲鲜明的生命动力，导致他在虚无中静止。小说的绝大部分篇幅也因此被笼罩在一种冰冷的被罗兰·巴特称为“白色书写[2]”的文字风格之中，这种风

1　莫里斯·布朗肖：《<局外人>的小说艺术》收录于《失足》，巴黎：伽利玛出版社，1971，第251页.（注释原文：Maurice Blanchot, Le roman de l'Etranger, in Faux pas, Paris : Gallimard, 1971, p. 251）

2　罗兰·巴特：《写作的零度》，巴黎：瑟依出版社，1953，第59页.（注释原文：Roland Barthe, Écriture et révolution, in Le degré zéro de l'écriture, Paris : Seuil, 1953, p.59）

格是加缪为了《局外人》量身定制的，并非他一贯的笔法，这也更见其艺术家的匠心。默尔索与世界之间微弱的联系未能得到强化，却在不断放弃时逐渐形成一条深沟。他试图抗拒并逃避荒诞，却走向了无根的虚无状态，丧失了生活的动力。默尔索的人生也因此落入了另一种荒诞。于是，从这个角度看，默尔索又是一个懦夫。

默尔索在英雄与懦夫之间的转换，并非是顺承发展和一劳永逸。当他愤怒地把神父推出牢房，大声拒绝彼岸的希望之时，他的身上又闪耀出英雄的光彩。这使我们回想起加缪1937年4月笔记中所构思之人性格的复杂性。而加缪的笔法甚至更为深刻和庞大。例如，对于婚姻和爱情，他所秉持的是彻底的否定和无所谓的态度吗？按照默尔索一贯的想法，答案应该为“是”，小说的大部分描述也指向这个“是”，但小说却恰恰在一个细部给我们留下了另一个答案：在第一部第六节中，当默尔索看到马松和他的妻子在海边木屋中说说笑笑之时，他说“可能是第一次，我真正想到我要结婚了”。如何理解这一细节？默尔索在自我否定吗？不然。默尔索之所以萌生出结婚的念头，是因为在那个瞬间他看到了一对夫妻生活的美好，他认可了这种美好所具有的价值，于是在这个瞬间，婚姻不再是单纯的社会约定，而包容了具体的人性内容。换句话说，他看到了一种可堪把握的意义正在生成，于是他也愿意将其接受。如果说默尔索的冷漠和对陈规的抗拒是小说的一条明线，那么他的这类亲近与包容则是小说的一条暗线，在这条暗线上，有他和玛丽在海水中的嬉游，有他在沙滩上休憩的闲适，有他在上囚车的瞬间闻到夏季傍晚的气息而回想起曾经在城中漫步时的愉悦，有他死刑前夜在星光下向世界敞开心扉时的幸福。如若读者有能力阅读法语原文，便会发现在这些片段中加缪的文笔显得更加柔软抒情，与笼罩全书大部分篇幅的“白色书写”大不相同。从这个角度看，尽管篇幅比重完全无法相比，《局外人》中却存在着两种完全异质的书写风格。这条暗线涉及的内容在《局外人》中只占很小的篇幅，甚至在阅读过程中很容易被带过，但它们却不能被忽视，正是它们使默尔索的形象更为丰满。最重要的是，这条暗线指向默尔索生存于世的价值基础，用加缪在《婚礼》中的话说，便是“身体与瞬间的双重真相”。对于这一点，《局外人》并未详细展开，仅仅对现象进行了有限的陈述，如要将其阐明，便需要引入加缪本人的思索。

出版于1938年的《婚礼》，让我们很自然地将其与当时正在构思中的《局外人》形成互文。在这本散文集中，当加缪说起自己的人生感悟，他曾数次提到一种“身体的真相”：“这个真相会渐渐腐烂，其中覆盖着他们不敢正视的苦涩与高贵。”在这必将腐烂的身体中，蕴藏着人类唯一一次的生命以及由这次生命所绽放出的所有机会。而肉体，也恰恰是在这个意义上被加缪严肃地提出。他在《婚礼》中写道：“赤裸始终保存着一种身体自由的意义以及手与鲜花的和谐——这是大地与摆脱了文明桎梏的人类充满爱意的协约——啊！我将皈依于它，仿佛它已是我的信仰。”当人类赤裸身躯站立在大地上时，他将感到土地的厚重与柔软，感到大地母亲源源不断的生命气息与热度，并在这一刻回归自然，回归母体，打碎人类社会的一切做作与矫饰并冲破荒诞的侵袭。在自然中加缪感到完满与富足，他在其中学会了人与自然亲密而直接的对话，他身体中的每一种感官都在这一接触中醒来，继而深切地体验到肉身的存在与意义。当加缪勇敢地向着爱情与欲望行走之时，他便跨越了所有人为而教条的道德规范，重新回到肉体，回到生命的当下，回到未被玷污的纯真，回到“大地与摆脱了文明桎梏的人类充满爱意的协约”，并在这其中懂得何谓抵抗死亡，何谓热爱生命。这便是1937年8月笔记中那句“自然中的真理”在加缪心中的实质内涵。这也引出了另一个对加缪无比重要之物：当下。对加缪而言，当下与身体一样，是一种切实可感、触手可及之物。他在《婚礼》中写道：“这便是身体与瞬间的双重真相，面对这出由美组成的汇演，怎能不将它们紧握，仿佛牢牢抓住唯一期待的幸福，使我们狂喜，却也终会消失。”在意识到人类的肉身必将腐烂之时，也同时意识到应该真正在当下珍惜每一个一去不返的瞬间。人类必将在泥土中渐渐腐烂的身体，在加缪看来正是对永恒的驱逐和对当下的确证。“身体”与“瞬间”于是从这一个角度得以结合为一种共同的“双重真相”。加缪开始懂得生命的双重真相，懂得了他散发着生命热度却也必将腐烂的身躯，懂得了每一个一去不返却无比珍贵的转瞬光阴。

由此可以看出，加缪把他本人在这方面对于生活的部分感悟赋予了默尔索，同时又有所保留。虽然默尔索在这方面远远没有能够成功抵达加缪本人站立之处，但他确实对此“双重真相”有所继承，他对于神父口中彼岸幸福的坚决抗拒便是最佳例证——这正是加缪1937年6月的那条笔记所要彰显的核心价值，也正是这一点使他的许多行为可以被我们理解。加缪在美国大学版序言中称默尔索“不是没有感觉的人，他的内心被一股坚韧不折而意蕴深厚的激情驱使，驱使他追求一种绝对和真实”，我们很难把默尔索的名言“我怎么都行”看作激情，他在意识到社会游戏规则的荒诞之后所引发的远离，是一种冷静和清醒，同时伴随着落入虚无的巨大危险，唯有对“身体与瞬间的双重真相”的秉持才称得上“激情”。小说中默尔索宣泄其“激情”的经典时刻，便是他与神父关于人生意义的重大争论：“他所有的确定，还抵不上女人的一根头发。他甚至连自己是不是活着都不能确信，因为他活着就如同死了一样。而我，我看起来是两手空空，但我对自己是确信的，我对一切都是确信的，比他确信，对我自己的生命和这即将到来的死亡都是确信的。”默尔索的这种“把握”，来自于他对于身体与瞬间这些此岸价值的体认，也只有那些和身体与瞬间直接相关的内容，才让默尔索在小说中获得“绝对和真实”。例如他和玛丽的感情：一方面，他确实如前文所述的那样在玛丽身边显得随波逐流；另一方面，又存在着些什么若隐若现的东西连缀着他们。萨特对此曾作出过精彩评价："默尔索与众不同地思考和行动：他不想认识这些持续的、千篇一律的伟大感情；对他来说爱情不存在，恋爱关系也不存在。只有当下、具体的东西才有价值。"[1]萨特的这段评论所指向的，正是这一"身体与瞬间的双重真相"。所以默尔索想和玛丽待在一起，去享受当下的美好，《局外人》中关于他和玛丽交往的许多片段都可以从这个角度得到检视。从这个角度看，默尔索在母亲葬礼上的沉默又具有了与抗拒陈规相平行的另一种可能：默尔索在死刑前夜想到"如此接近死亡的时刻，妈妈也该感到解脱，并准备好把一切从头来过了。没有人，没有人有权利为她哭泣"。这是因为，他的母亲也生活在自己的当下之中，并以此走完了她的人生，任何事后追悼都已无必要，对她本人亦无意义。又例如，小说中关于萨拉玛诺老人和他的老狗的故事，老人每天打骂他的老狗，却在狗走失之后茫然无措，只能向默尔索寻求安慰，甚至独自一人在房中哭泣，不愿再豢养另一条狗。他向默

1　让-保罗·萨特：《<局外人>之阐释》收录于《文学批评》，巴黎：伽利玛出版社，1947，第100页.（注释原文：Jean-Paul Sartre, Explication de L'Étranger, in Critiques littéraires, Paris : Gallimard, 1947, p.100）

尔索回忆起老狗曾经鲜亮的毛色，却在它未走失之前不断咒骂它皮肤的肮脏。萨拉玛诺生活于过去，却永远地丢弃了当下。查阅加缪留下的几份《局外人》手稿和打字稿，这个细节是小说最后的增补之一，也因此可以读出特别的意味，萨拉玛诺的存在正是这“双重真相”的反例。理解了这一点，方能理解小说的结尾：

> 我觉得我是睡着了，因为醒来的时候，我发现漫天的星斗照在我的脸上；田野上的声响传到我的耳畔；夜晚的气味、泥土的气味，还有盐的气味，给我的太阳穴带来阵阵清凉。夏天睡着了，它那美妙的安宁宛若一阵潮水，涌入我的身体。此刻，长夜将尽，汽笛声呜响起来，它们宣告着这个世上的一次次启程……好像这场勃然的怒火净除了我精神上的痛苦，也清空了我的希望，面对着这样一个充满启示与星斗的夜，我第一次向这个世界温柔的冷漠敞开了胸怀。我体验到这个世界和我如此相像，终究是如此友爱，我觉得我曾是幸福的，现在依然是幸福的。为了让一

切有个了结，为了使我不感到那么孤独，我还是希望我被处决的那天有很多人来观看，希望他们用仇恨的喊声来欢迎我。

这段抒情的文字是《局外人》暗线中的最后一环，代表着默尔索生命力的苏醒。此时此刻，当星光洒在脸上的时候，这个在其一生中大多数时候都与世界无比疏远的“局外人”以一种回溯的方式感到了其一生的幸福，并且“现在依然是幸福的”。这已无关英雄或懦夫，而仅仅是一个人，一个真正的人。在满天星斗下，在大地与海洋的气息中，默尔索深刻感到自己与世界隐秘的关联，终于意识到自己从未真正离开过这个世界，他依旧在穿越他的生活与时代，不在其上，亦不在其外。他不是一个彻底的“局外人”，这也是《局外人》整条暗线所透露的内容，并让我们回想起加缪在最初构思时的那句话：“对妥协的扬弃和自然中的真理。”在这小说结局的最后瞬间，读者发现默尔索的生命力在悄然恢复，仿佛一声微弱却清晰的心跳。只有死亡才能让世界真正与自我分离，而只要活着，即使在这临终时刻，他也依然能够体会自己与世界之间深沉的亲密。他此时已摆脱了虚无，并在与世界的相遇中迸发出更猛烈的热情与爱意。加缪本人说过：“在我们最疯狂的年代，对这片天空的记忆从未与我分离。正是它使我免于绝望。”如果说默尔索在生命的最后一刻收获了幸福，也同样是星光下的大地海洋完成了对他的拯救。尽管这样的体会姗姗来迟，尽管这样一场与世界的“婚礼”在一个人临终前的最后一刻才得以举行，但毕竟为时未晚。默尔索这段最后的告白暗示着他对自己曾经生活态度的否决。他在这临终前的最后时刻，终于“第一次向这个世界温柔的冷漠敞开了胸怀”。《局外人》无疑是悲剧性的，但也依然透露出一线新声，这一行行对幸福的追忆与呼唤，将默尔索重新带入世界，让他重感与世界相连。清醒、虚无以及对当下价值的体认与坚持，凡此种种以看似矛盾的杂糅方式共同出现在默尔索身上，这恰恰体现着人性的多元与复杂，体现着加缪深邃的目光与丰润的笔触，更体现着作家对于单纯否定性的不满足，发自内心地试图寻找出路，并因此令他的文字包孕着一种独特的生机。在加缪1960年1月4日因车祸意外身亡之后，美国作家福克纳在悼文中写道：“加缪说过，诞生在一个荒谬的世界上的人唯一真正的职责是活下去，是意识到自己的生命、自己的反抗、自己的自由。他说过，如果人类困境的唯一出路在于死亡，那我们就是走在错误的道路上了。正确的路是通向生命、通向阳光的那一条。一个人不能永无止境地忍受寒冷。因此他反抗了。他就是不能忍受永无止境的寒冷。他就是不愿沿着一条仅仅通向死亡的路走下去。他所走的是唯一一条可能不光通向死亡的道路。他所遵循的道路通向生存的阳光，那是一条完全靠我们微弱的力量、用我们荒诞的材料铸造的道路，在生活中它本来并不存在，直到我们造出它来。”[1]这条加缪用其一生创作走出的通向生存之阳光的道路，在《局外人》这部早期的作品中，便已在悄然铺设。

1938年10月20日，年仅二十五岁的加缪在《阿尔及利亚共和报》书评专栏中对比他年长八岁的萨特的新作《恶心》作出点评，他写道：

1 威廉·福克纳：《阿尔贝·加缪》收录于《散文、演讲与公开信》，纽约：兰登书屋，1965，第114页.（注释原文：William Faulkner, Albert Camus, in Essays, Speeches and public letters, edited by James B. Meriwether, New York : Random House, 1965, p.114）

确认生命中的荒诞感绝不可能是一个终点，而恰恰是一个开始……有趣的并非这一发现本身，而是我们从中能得出何种结论以及行动的准则。

1938 年的加缪尚未写出他的“荒诞系列”中的任何一部，也未曾走访过巴黎，与萨特这位他日后的密友与仇敌尚不相识。加缪作为一个法国海外殖民地首府的记者，能在第一时间对《恶心》作出回应，充分说明加缪本人对“荒诞”问题的敏感与关注。他的这段话不仅是对萨特著作的评论，也暗含着他本人创作的起点。年轻的加缪在对《恶心》表达了有节制的赞赏之后，忍不住问道：“为什么不一直走到底？”他隐忍地质疑萨特为何从荒诞出发又回到荒诞，而没有接着展开新的行动。所以，今天当我们阅读《局外人》之时，我们需要始终记得加缪的这句话：“确认生命中的荒诞感不可能是一个终点，而恰恰是一个开始。”这个起点让我们认识到生命中的荒诞，这种认识绝对必要，却决不能因此自我放弃和沉沦。默尔索既成功又失败，每一位读者都可以用他来检视各自的生活，重新标定自己的人生。面对荒诞，要像加缪日后在《西西弗斯神话》的结尾处所要表达的那样：“朝向峰顶的奋进本身足以充实人类的心灵。应当设想西西弗斯是幸福的。”默尔索没有做到，因为他在意识到生活中的荒诞后，没有继续奋进，没有去推动巨石，还是选择了远离。也正是在这个意义上，《局外人》被加缪定义为一种“否定性”的作品，而在这种否定性之中，加缪又悄悄埋入对人生当下价值的激情与肯定，这种回旋正是一部伟大作品所必备的丰富，也暗示了一条加缪眼中从否定走向肯定的道路，并一直把我们引向他笔下的西西弗斯，以及所有那些抵抗鼠疫的英勇斗士。所以我们需要做的，便是从否定走向肯定，是成为这荒诞世界中的西西弗斯，无论遭遇何种挫折与艰辛，都始终在肩上扛住“荒诞”的巨石，再一次向着幸福迈进。这样，当我们踏上征途，便已预先将死亡放置在路的尽头，于是当如愿走完全程，我们所拥抱的，便不再是简单的成败生死，在征途中所散放出的惊人璀璨的生命热力，无法以任何寻常的目光计量。生命之火，也正是这样以其全部的勇力抵抗着荒诞。就像加缪所说，西西弗斯“离开山顶并渐渐深入诸神洞府的每个瞬间，他支配了自己的命运。他比他推动的巨石更加强大”。这是西西弗斯下山的瞬间，在这个时刻他没有巨石可推，却无比清醒地看到了自己的所作所为，他知道自己将再次推动巨石，并勇于承担一切。这便是支配命运的力量，并因此彰显了他的生命意志。对加缪而言，死亡、苦难、黑暗与荒诞是一个人在生命中必须面对的事物，绝非生活最终的目标，更不是生活的全部。它们并非尽头，还需继续深入，直到在荒诞的世界中建立起新的生活态度，在上帝死去之后重获人之为人的尊严。

加缪在诺贝尔颁奖晚宴上的演讲

1957年12月10日

按照惯例，诺贝尔奖金颁奖仪式结束后，在斯德哥尔摩市政厅会举行盛大的宴会，加缪在此发表了这篇演讲。

尊敬的国王和皇后陛下，尊敬的王室成员，女士们，先生们：

秉承自由精神的贵学院慷慨授予我这份殊荣，我自认我的成就远远配不上它的分量，所以更是由衷地心怀感激。所有人都渴望得到认可，艺术家就更为如此。我也是一样。只有当我将你们的决定所产生的影响与真实的我进行比较之后，我才真正理解你们何以作了这样一个决定。一个尚且年轻的人，除了疑惑一无所有，他的作品尚未成型，并且习惯于在工作中孤独地生活，对各种示好也退避三舍，对于这样一个离群索居的人来说，突然被逮到，并抛置于这耀眼的聚光灯下，又怎么能不感到一种恐慌呢？当欧洲其他的作家，哪怕是其中最伟大的一些作家，都被迫保持沉默，当他的故土，正遭受着无止境的苦难，他将以怎样的心情来接受这份荣誉呢?

我就经历了这种内心的惶恐与不安。为了重新获得平静，我只能接受这份命运慷慨的馈赠。既然我的成就无法与这份奖项匹配，我便只能倚赖那份支撑着我人生的信念，即便在最艰难的境况下也未曾抛却我的那份信念：那就是我对我的艺术以及对作家这一角色的看法。让我怀着感激和友好的心情，对大家尽可能简短地表达一下这个想法。

于我而言，没有艺术，我便无法存活。但我从没有把这份艺术置于一切之上，相反，它之所以对我而言不可或缺，正是因为它与所有人紧紧相连，并且允许像我这样的一个人能和大家一样生活下去。艺术在我看来并不是一场孤独的狂欢。艺术是一种手段，它以其特有的方式呈现了人类共同的苦难与欢乐，从而感动了大多数的人。所以它迫使艺术家不再自我孤立，使其屈从于一种最为质朴、最为普世的真理。而通常情况下，那个自认与众不同而选择艺术生涯的人很快就会发现，只有承认自己与众生的共性，他的艺术和他的独特才能从中得到滋养。正是在这种自身与他者不断的往来中、在与他不可搁置的美以及不可抽离的群体的交往之中，艺术家得到了自我锤炼。这也是为什么真正的艺术家不会蔑视任何东西；他们要求自己必须理解一切，而不是评判一切。如果他们必须在这个世界上选择一个阵营，那他们或许只能属于尼采的伟大言论中所构建的那种社会：一个由创造者而不是评判者来统治的社会，无论这里的创造者是劳动人民还是知识分子。

同样地，作家这一角色也被赋予了艰难的职责。身为作家，在如今这个年代，他不该为制造历史的人服务，他应该为承受历史的人服务。否则，他将被孤立，也将失去他的艺术。一个作家，若是与独裁者为伍，那么即便独裁者有千军万马与之同行，他也依然无法摆脱那种孤独。但世界另一头，一个被遗弃在屈辱中的无名之囚，他的沉默却足以一次又一次将作家从这种孤独的流放中拯救出来，只要他在享有自由权利的同时，始终不忘这种沉默，并以艺术的方式来使这种沉默发出声响。

我们中任何人都没有伟大到足以承担这一使命。但是在他一生的境遇中，无论是门庭冷落还是扬名一时，无论是被压制于暴政的桎梏之下还是拥有一时的言论自由，作家只有忠心耿耿竭尽所能地为真理和自由服务，他的职业才能因此变得伟大，他才能得到民众发自肺腑的正名。作家的使命，就是团结尽可能多的人，这个使命不应屈服于谎言和奴役，因为在谎言和奴役统治的土地上，处处囚禁着孤独的灵魂。无论我们作为个人有着怎样的弱点，我们职业的高贵却永远扎根在两个并不容易坚守的承诺里：对于知晓的事，绝无谎言；对于任何压迫，反抗到底。

在二十多年的荒诞历程中，孤立无援的我和同代人一样，迷失在时代的跌宕变迁中，仅靠内心隐隐的一种感觉支撑着：在当今这个世界，写作是一种光荣，因为这一行为肩负使命，并迫使你不仅仅去写作。它尤其迫使我按我自己的方式，以我的一己之力，与所有和我一样经历过那段历史的人一起去承担起我们共有的那种痛苦与希冀。这些人，出生于第一次世界大战之初；希特勒政权建立和最初的革命浪潮掀起时，他们又正值二十多岁。接着，像是要使他们的经历更加完整，他们又经历了西班牙内战、第二次世界大战，他们经历了那个满目疮痍、遍地集中营和牢狱的欧洲，而如今，正是他们这些人，又要在毁灭性核武器的威胁下，抚育他们的下一代，完成他们的使命。我想，没有任何人有权利要求他们乐观。我甚至主张，在与他们不断斗争的同时，我们应该理解他们的所作所为：他们只是因为与日俱增的绝望，而做出了耻辱之举，并且堕入了这个时代所盛行的虚无主义。但是，不论是在我们国家，还是在整个欧洲，我们中的大多数，仍然拒绝虚无主义，仍在寻找一种正义。我们需要锻造一种在多事之秋生活的艺术，为的是能够涅槃重生，然后坦然地与那历史进程中的死亡本能作斗争。

或许，每代人都自信肩负着重塑世界的使命。然而，我们这代人却知道，我们对此无能为力。但是，我们这代人的使命或许更伟大，因为我们的使命是：不让这个世界分崩离析。我们继承的，是一段残破的历史，它混杂着革命的失败、走火入魔的科技、已经死去的诸神和穷途末路的意识形态，纵使在这样的时代，任何平庸的势力都能让这个世界毁于一旦，但这种平庸的势力只有否定的力量，在理智自甘堕落成仇恨与压迫的奴隶时，这种否定的力量并不能教会我们这代人在内心和外部世界重新修建起一点点能够给予生命和死亡以尊严的东西。在这样一个每时每刻都有可能崩塌的世界面前，我们伟大的裁判官们建立的恐怕永远是死亡的国度，而我们这代人知道，我们应该在与时间疯狂赛跑的同时，在不同民族之间，建立起一种不屈从于任何奴役的和平，重新调和工作与文化的关系，并与全世界所有人携起手来，构建一种联盟。没有人能够确定我们这代人是否能完成这项浩大的任务，但是，我们确定的是，他们已经遍布在全世界各个角落，为真理和自由而战，并时刻准备着为之赴死，无怨无悔。正是这些人，值得我们尊敬和鼓励，无论在何时何地——尤其是在他们牺牲的地方。总之，我想把你们刚刚授予我的荣耀转献给他们，相信你们也会感同身受。

与此同时，在说了作家职业的高尚之后，我想要还原作家的真实模样，除了和他的战友们一起共享的身份之外，他没有其他身份。他既脆弱又固执；他无法永远保持公正，却又热切追寻着公正；在所有人的视线中，他默默构建着自己的作品，既不以之为耻，也不引以为傲，他永无止息地在痛苦与美好中被撕扯，最终是为了从他这双重的存在中，提炼出他固执地想要在历史的废墟中创建起来的东西。这么说完，谁还能期待他给出现成的答案和完美的道德信条呢？真理是神秘的、难以捕捉的，总是有待征服的。自由固然是令人振奋的，但实践起来也同样是危险的、艰难的。我们必须走向这两个目标，艰苦卓绝、征途漫漫，却坚定不移、矢志不渝。由此，哪个有着自知之明的作家还敢自诩为美德的传道者？至于我，我必须再说一次，这完全不是我的身份。我从来未能放弃生命中的光和幸福，不能放弃自由的生活，这些东西自小就伴随着我成长。这种怀旧之情虽然也让我犯了不少错误，却无疑也帮助我更好地理解了我的职业，帮助我毫不犹豫地站在那些沉默的人身边，那些人，除了从回忆中追索那一点点短暂而自由的幸福，在这个世上便无以为继。

现在，我向大家还原了真实的我，你们知道了我的浅薄有限，知道了我得益于他人，也知道了我艰难的信仰，作为结束，我终于能更自如地表达诸位授予我这份荣誉的广博与慷慨，也能更自如地对你们说，我接受这份荣誉，并要把它视作为一种致敬，向所有和我一样经历了战斗，却没有获得任何殊荣，只是饱经了苦难与迫害的人致敬。最后，我要发自肺腑地对诸位表示感谢，并公开地，以感恩的心，向你们作出一个古老的承诺，任何一个真正的艺术家每天都会在静默中向自己作出的古老的承诺，那便是——忠诚。

（金祎 译）

欢迎您从《局外人》走进
读客三个圈经典文库

亲爱的读者，感谢您选择读客三个圈经典文库。

我们的封面统一使用“三个圈”的设计，读者可以凭借封面上形式各异的“三个圈”找到我们，走进经典的世界。

你想成为什么样的人?

对你来说什么是重要的?

这个世界应该是什么样子?

我们在生命中遇到的这些问题，或许可以在浩如烟海的文学经典中找到答案。

跟随读客三个圈经典文库，认识世界、塑造自我，成为更好的人!

《漫长的告别》

《西西弗神话》

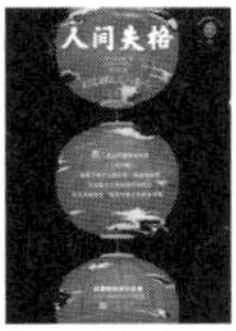

《人间失格》

《人类群星闪耀时》

《鼠疫》

《小王子三部曲》

《局外人》

《月亮与六便士》

《基督山伯爵》

《罗生门》

读客三个圈经典文库

精神成长树

你想成为什么样的人？
对你来说什么是重要的？
这个世界应该是什么样子？

我们在生命中遇到的问题，每个时空的人都经历过，一些伟大的人留下一些伟大作品，流传下来，就成了经典。正是这些经典，共同塑造并丰富着人类的精神世界。

我们重新梳理了浩若烟海的文学经典，为您制作了精神成长树。跟随读客三个圈经典文库，汲取大师与巨匠淬炼的精神力量，完成你自己的精神成长！

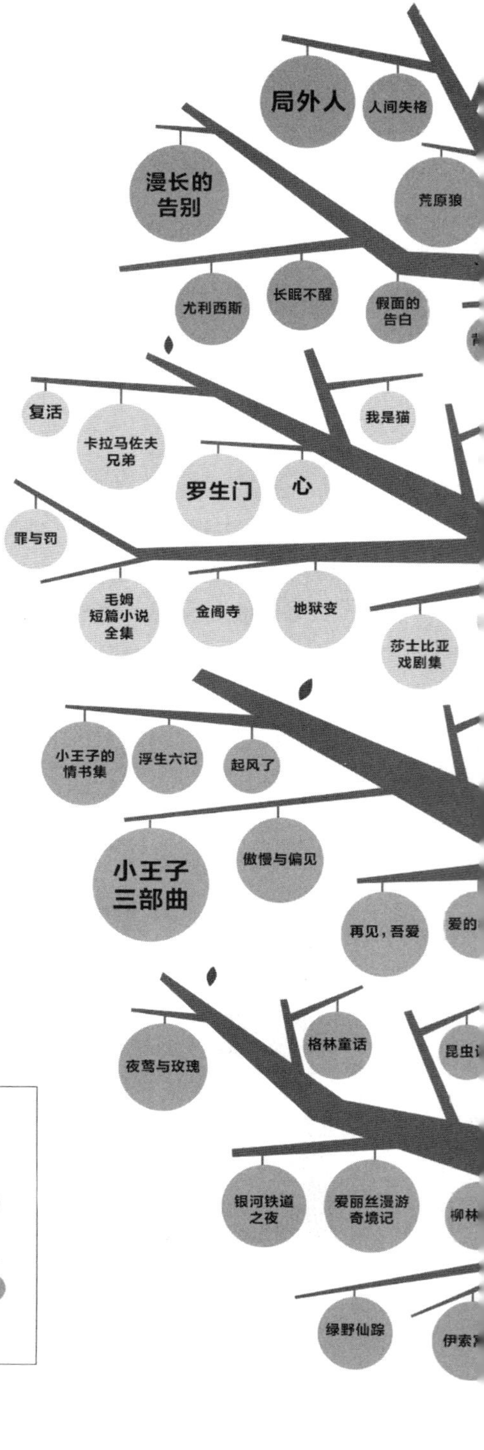

树干：

不同的精神成长主题，您可以挑选任意感兴趣的主题进行深入阅读

例如：
寻找人生意义
探索自己的内心
拥有强大意志力
理解复杂的人性
…………

枝丫上的果实：

我们为您精选的经典文学作品

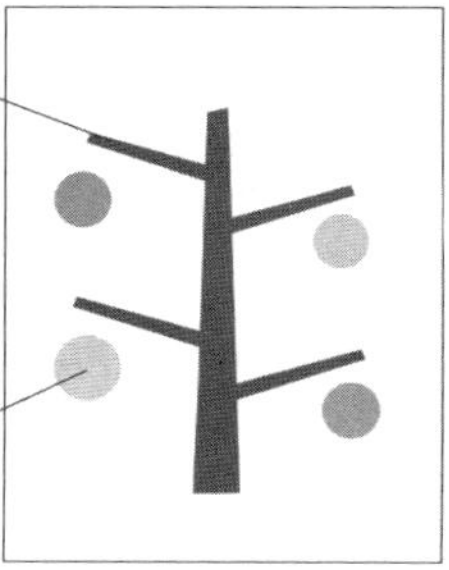

精神成长树示意图

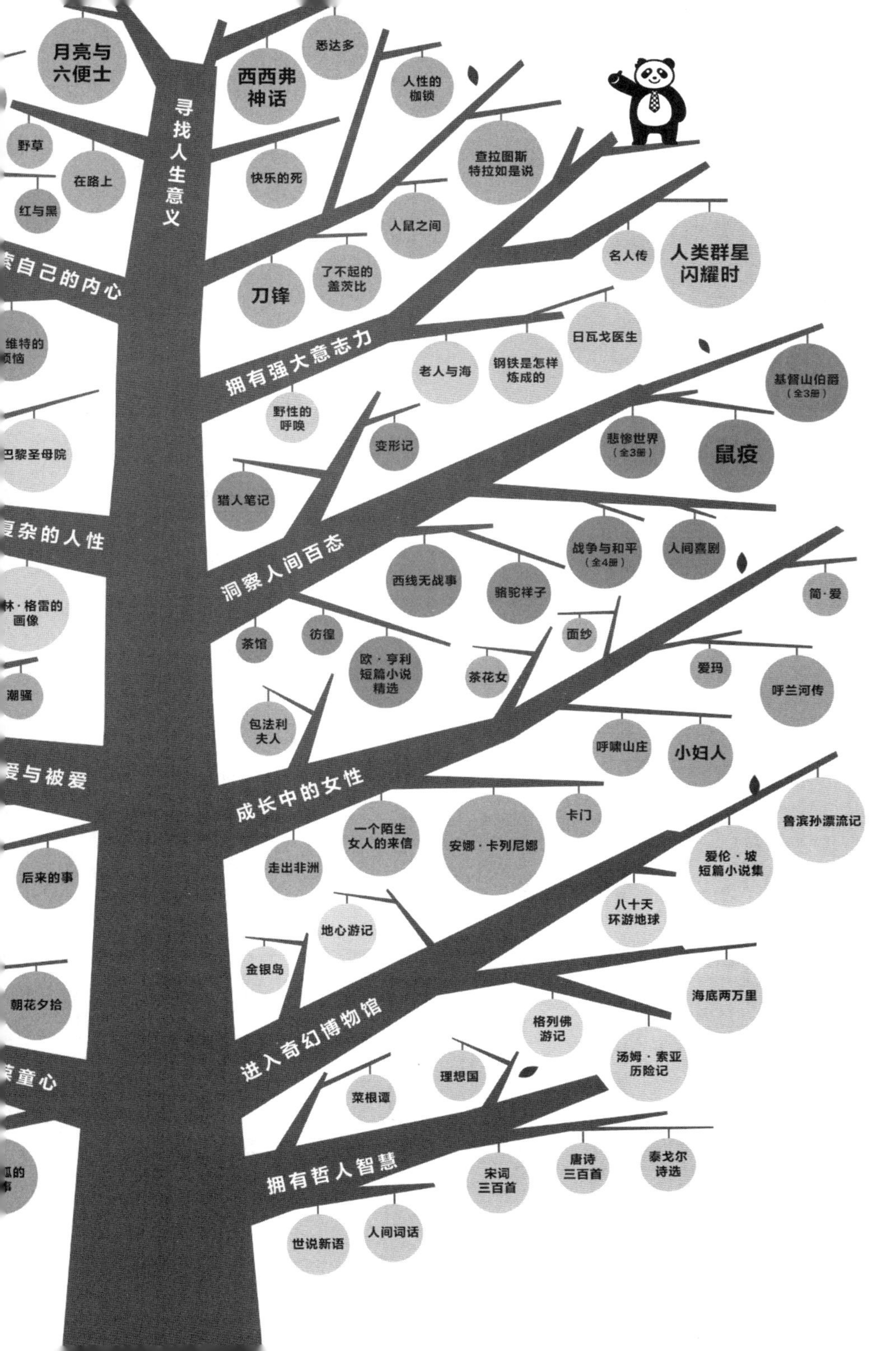

寻找人生意义
月亮与六便士
悉达多
西西弗神话
人性的枷锁
查拉图斯特拉如是说
快乐的死
人鼠之间
了不起的盖茨比
刀锋
野草
在路上
红与黑
自己的内心
维特的
拥有强大意志力
名人传
人类群星闪耀时
日瓦戈医生
钢铁是怎样炼成的
老人与海
野性的呼唤
巴黎圣母院
基督山伯爵（全3册）
悲惨世界（全3册）
鼠疫
变形记
猎人笔记
杂的人性
洞察人间百态
战争与和平（全4册）
人间喜剧
西线无战事
骆驼祥子
林·格雷的画像
茶馆
彷徨
欧·亨利短篇小说精选
面纱
茶花女
简·爱
潮骚
爱玛
呼兰河传
包法利夫人
呼啸山庄
小妇人
爱与被爱
成长中的女性
卡门
一个陌生女人的来信
安娜·卡列尼娜
走出非洲
后来的事
鲁滨孙漂流记
爱伦·坡短篇小说集
八十天环游地球
地心游记
金银岛
朝花夕拾
进入奇幻博物馆
海底两万里
格列佛游记
汤姆·索亚历险记
理想国
菜根谭
童心
拥有哲人智慧
宋词三百首
唐诗三百首
泰戈尔诗选
世说新语
人间词话

图书在版编目（CIP）数据

局外人 /（法）加缪著；金祎译．-- 南京：江苏凤凰文艺出版社，2019.2（2025.11 重印）
（读客经典文库）
ISBN 978-7-5594-2743-4

Ⅰ．①局… Ⅱ．①加… ②金… Ⅲ．①中篇小说－法国－现代 Ⅳ．① I565.45

中国版本图书馆 CIP 数据核字 (2018) 第 188560 号

局外人

［法］加 缪 著　　金 祎 译

责任编辑	丁小卉
特约编辑	王心怡　宋如月
封面设计	读客文化　021-33608320
责任印制	刘　巍
出版发行	江苏凤凰文艺出版社
	南京市中央路 165 号，邮编：210009
网　　址	http://www.jswenyi.com
印　　刷	河北中科印刷科技发展有限公司
开　　本	880 毫米 ×1230 毫米 1/32
印　　张	6
字　　数	80 千字
版　　次	2019 年 2 月第 1 版
印　　次	2025 年 11 月第 30 次印刷
标准书号	ISBN 978 - 7 - 5594 - 2743 - 4
定　　价	45.00 元